http://www.bbulmedia.com

BBULMEDIA

왕조의 아침

경록 대체 역사 소설

뿔미디어

목차

등장인물일람

【일러두기】 흰 원(○)은 남자. 검은 원(●)은 여자. 들여쓰기는 한 대를 내려가거나 아랫사람인 경우. 사각형은 혈연관계가 아닌 주종 관계를 표시. 등호(=)는 혼인관계. 십자(†)는 소설 진행 시점에서 이미 사망한 사람을 나타냄.

○ 정민(鄭敏): 본래 21세기 인물로 정혼에게 구해져 가문에 입적. 본명 이민.

□ 김유회(金由恢): 금주 상인.

□ 오저군(吳宁君): 벽란도 상인.

□ 하두강(賀頭綱): 송나라 천주 출신 상인.

=● 다르발지: 무탈루의 사촌 여동생으로 고려 혼혈. 정민의 정인(情人).

동래 정 씨(東萊鄭氏)

○ 정문도(鄭文道)†: 정목의 아버지.

○ 정목(鄭穆)†: 정점, 정택, 정항의 아버지.
동래 정 씨 최초로 과거에 급제.

○ 정점(鄭漸)†: 정자가의 아버지. 정항의 형.

○ 정자가(鄭子家): 전 전옥서령. 현재 관직을 반납하고 살길을 도모 중.

○ 정자야(鄭子野): 정자가의 동생.

○ 정택(鄭澤)†: 정항의 형. 급사중에 이름.

○ 정항(鄭沆)†: 정서의 아버지.
예부상서에 이름.

○ 정서(鄭敍): 정민의 양부.
복권되어 호부시랑에 오름.

○ 정선조(鄭先祚)†: 정명하의 할아버지.

○ 정추(鄭秋)†: 정명하의 아버지.

○ 정명하(鄭命河)†: 전(前) 동래현 호장(戶長).
살해당함.

○ 정명해(鄭命海): 동래현 호장.

○ 정문시(鄭文維)†: 정혼의 할아버지.

○ 정규(鄭奎)†: 정혼의 아버지.

○ 도신(道信) 정혼(鄭琿): 속세를 떠나 홀로
구도하는 승려.

제실(帝室)

○ 인종(仁宗)†: 선대 고려 임금.

=● 임태후(任太后): 인종의 황후.

○ 고려국왕 왕현(王晛): 현재 고려의 임금.
성정이 포악함.

=● 황후 김 씨(皇后金氏): 현재 고려의 황후.

○ 태자(太子) 왕기(王祈): 동궁(東宮).

=● 무비(無比): 임금의 애첩.

□ 최광균(崔光鈞): 무비의 사위로
벼슬길에 오른 자.

□ 백선연(白善淵): 관노출신의 환관.
무비의 심복.

○ 대령후(大寧侯) 왕경(王暻): 인종의 둘째 아들.
형인 임금에 의해 사실상 유배 중.

● 왕연(王娟): 대령후의 딸.

■ 적심: 왕연의 시비.

○ 익양후(翼陽侯) 왕흔(王昕): 인종의 셋째 아들.

역모에 연루되어 출가.

□ 최여해(崔汝諧)†: 역모의 죄를 뒤집어쓰고 참형.

□ 나언†: 익양후의 종으로 역모의 죄로 최여해와 함께 참형.

○ 흥왕사 법존 증세승통(拯世僧統) 왕충희(王冲曦): 인종의 넷째 아들. 출가승.

○ 평량후(平凉侯) 왕민(王旼): 인종의 다섯째 아들.

=● 연수궁주(延壽宮主) 김 씨(金氏): 인종의 후비(後妃).

□ 김자양(金子陽): 경상진주도 안찰사. 연수궁주의 숙부.

조정(朝廷)

○ 김부식(金富軾)†: 동경 김 씨의 거물로 매우 높은 벼슬에까지 이름. 삼국사기 집필.

○ 김돈중(金敦中): 김부식의 아들로 동경 김 씨 벌족의 영수.

○ 김돈시(金敦時): 김돈중의 동생.

○ 문극겸(文克謙): 남평 문 씨. 젊은 재사로 급제하여 간관에 오름.

○ 이양승(李陽升): 추밀원사.

○ 이공승(李公升): 전(前) 우승선.

○ 이의민(李義旼): 용력이 비상한 장수로 임금의 비호를 받아 벼슬이 올랐다.

○ 임극정(任克正): 태후의 동생. 대령후사건에 연루.

○ 정중부(鄭仲夫): 상장군. 김돈중과 악연이 있다.

○ 왕광취(王光就): 관노출신 환관.

○ 최유청(崔惟淸): 정서의 매부(妹夫).

○ 최윤의(崔允儀): 해주 최 씨. 중서시랑. 명신(名臣) 최충의 후손.

○ 최포칭(崔褒偁): 수성 최 씨. 우승선.

금나라

○ 완안량(完顔亮): 여진명 디구나이[迪古乃], 금나라 황제.

□ 장충가(張仲軻): 간신배. 완안량의 꾀주머니.

=● 아라[阿懶] 씨: 완안량의 숙부, 조왕(曺王)의 처였으나 완안량의 후비가 됨.

=● 완얀 나라후[完顔奈剌忽]: 완안량이 장정안(張定安)에게서 빼앗은 후첩.

○ 완안옹(完顔雍): 완안량의 사촌으로 황족.
웅심이 있고 성품이 곧다.

=● 우린다[烏林答] 씨: 완안옹의 처.
빼어난 자색으로 이름이 높다.

○ 포요만 무탈루[裵滿木塔魯]: 금나라 갈라전
복고촌의 부족장.

기타

○ 김정명(金政明): 지난 과거의 장원급제자이나
아직 관직이 나지 않았다.

○ 황보탁(皇甫倬): 과거의 과거 장원 급제자.

송나라 복건로

○ 왕침(王砧): 벽란도로 내항하는 천주 상인.

○ 이길광(李佶匡): 벽란도로 내항하는 복주 상인.

○ 왕회(王淮): 전운사.

○ 이흡(李洽): 하두강과 동거동락했던
천주 두뉴의 사인.

● 조인영(趙璘英): 북송 황가의 말예로
금나라에서 유폐되어 있다

開京 개경
송악산
영통동 · 면주동
(면주 · 마포 생산)
자안문
안화문
성도문
오관방
영창문
황성
북부
왕륜방
왕륜사
영창방
편전
정전
승평문
내궐
호부
공부
고공
대악국
병부
형부
어부
동덕문
법왕방
자운방
안정문
동계
안정방
승인문
영평문
광화문
시전
태묘
서부
오정방
중부
흥인방
흥인문
선가문
산예문
봉은사
동부
선의문
보제사
덕산방
덕산문
벽란도
사직
낙제방
남경
보태문
성화방
장패문
서교
(西郊)
창신문
행제방
남부
수철동
(대장간들)
장패문 수구문
건복문
광덕방
영계문
태안문
승천 · 강화
광덕문
선엄문
덕풍문
선계문
회빈문
영동문

南宋福建路出土圖 남송 복건로 지도
江南西路 강남서로
兩浙東路 양절동로
廣南東路 광남동로
建寧府 건녕부
邵武軍 소무군
南劍州 남검주
汀州 정주
泉州 천주
漳州 장주
興化軍 흥화군
福州 복주
流求 유구
송안
포성
건양
정화
진녕
영화
청류
무평
상항
용암
장계
영덕
부용산
장동
영복
복청
덕화
해단산
선유
혜안
미주서
장진
동안
오주서
장포
팽호서
온주·임안·고려·일본
점성·진랍·인도·대식

제15장

벽란도(碧瀾渡) 정경

7월 초하루.

개경에서 일어난 일들이 동래에도 전해졌다. 임금의 사냥터에서 벌어진 일들의 전말을 정서가 보낸 서찰을 통해 알게 된 정민은 놀라움을 금치 못했다.

채 며칠 사이에 조정의 권력구도가 바뀐 셈이었다.

양부인 정서가 드디어 다시 참상관으로 벼슬이 올라가게 되었으며, 간신 정함이 죽고, 권력의 전반적인 추는 문벌귀족의 우두머리와도 같은 김돈중에게로 기울었다는 것이다.

물론 정함 못지않은 간신배인 백선연이니 왕광취니 하

는 자들도 여전히 살아남아 있었다. 앞으로의 권력의 향배는 이들과의 힘겨루기를 통해서 다시 재분배 될 것이 분명했다.

'이제 올라가야 할 때가 왔는가…….'

모든 것이 준비되었다.

아버지가 조정의 대관(大官) 반열에 다시 올랐으니 정민으로서도 이제 개경으로 올라가는 것을 미룰 핑계가 마땅치 않았다. 생각보다 이른 것이기는 하지만, 정명해에게 동래현 호장의 자리를 넘기고 상단의 운영은 일단 김유회에게 맡긴 다음에 개경행을 하여도 이제는 썩 일이 돌아갈 것 같기는 했다.

대충 1차적으로 광안포에 마련하려 했던 시설의 정비도 끝이 났고, 정민의 상단이 움직이는 선박도 어느덧 10척 가까이로 늘어났다. 왜의 하카타로는 거의 매월 한 번, 탐라로는 두 달에 한 번, 동여진의 부구가샤로는 연 3회의 항행을 계획하여 선박과 인력의 배분도 마쳐 놓았다.

이미 자리 잡은 항로를 운영하는 것은 김유회의 능력으로도 감당이 가능한 것이다.

"그대들을 부른 것은 이제 해야 할 일을 알려 주기 위해서이다."

정민은 이제 개경으로 올라갈 마음을 먹고 정명해와 김유회를 불러들였다.

이들은 정민이 머물고 있던 작은 사랑채의 마루에 부복하고 앉았다. 정민은 사랑방의 문을 열어 놓고 이들을 마주했다. 이제는 완전히 주군과 가신의 처지나 마찬가지이니, 내부적으로 이러한 위계를 확실히 세워 둘 필요가 있었다. 이 정도의 확실한 서열이 없으면 개경으로 떠나가면서 이들에게 일을 믿고 맡기기가 어려웠다.

"명해야. 내가 너에게 동래 호장의 직인을 넘기고 갈 것이다. 너는 이제 지방관이 내려오지 않는 동래현의 관무(官務)와 동래 정 씨 일문의 일을 함께 관리를 해야 할 것이다. 더불어 김유회와 함께 광안포의 관리도 맡아야 한다. 이제부터 너는 장사에는 손을 떼고 고을을 감치(勘治)하는 일에 집중토록 하라. 앞으로 나 또한 너를 동생으로서가 아니라 한 고을의 호장으로서 대우할 것이다."

"명을 받들겠나이다."

정명해의 얼굴에는 잠시 복잡한 표정이 일어났다가 사라졌다.

정민은 그것을 놓치지 않았다. 정명해로서는 바라마지

않던 동래 호장의 직위를 받게 되었으니 감회가 남다를 것이다. 물론 살형(殺兄)의 죄를 호장을 얻기 위한 값으로 치렀으니 마냥 기쁘지는 않을 것이다.

그러나 그 죄업 때문에라도 정명해는 정민과 함께 같은 배를 앞으로 타고 갈 수밖에 없었다. 그런 점에 있어서 정민은 정명해에 대해 의심하거나 불신하지 않았다. 타고난 머리도 총명한데다가, 어느 정도 자기 능력에 걸맞는 지위를 차지하고 싶은 욕심도 있는 인물이니만큼, 동래현의 호장 노릇을 하면서 최선을 다할 것이다.

그리고 때가 된다면 정민은 정명해를 동래에서 머무르게 하지 않고 들어다 쓸 생각이 있었다.

"그리고 김 처사."

"예, 나리."

김유회 행수는 본신의 능력이 탁월하다고는 할 수 없는 사람이었다.

그러나 품행에 있어서 나가고 물러설 줄 아는 중도가 있었으며, 시세를 읽는 눈이 있었다. 때문에 정민의 뒤를 따르는 것이 자신에게 이득이 될 것이라는 사실을 기민하게 알아차리고 심복이 된 것이다.

앞으로 더 큰일을 맡길 수 있을지는 아직 확신할 수

없지만, 지금 벌려 놓은 상행을 감당하는 정도는 김유회의 능력을 쥐어짠다면 어떻게든 가능할 것이다.

"그대를 동래 행(行)의 행수(行首)로 임명하겠네. 앞으로 내가 부재하는 동안 기존의 상로를 단단히 하고 재물을 모아서 개경으로 올려 보내도록 하시게."

"성심을 다하겠습니다, 나리."

김유회는 엎드려서 고개를 조아렸다.

행수라는 것은 고려에서는 조금 낯선 직분이기는 하나 송나라에서는 흔한 것이었다. 송나라에 이르러 상업이 매우 융성하게 되어서 상인들은 서로 뭉쳐서 행(行)이라는 일종의 길드와도 같은 동업조직을 만들게 되었다.

이러한 조직의 수장을 행수(行首), 혹은 행두(行頭)라고 불렀다. 상단의 규모가 썩 커진 만큼 조직적인 운용의 필요성을 느낀 정민은 아예 동래상행이라는 상업조직을 만들고 그 행수로 이제 김유회를 앉힌 것이다.

"다만 벽란도를 통해 개경으로 들어가게 되는 것은 앞으로 그대가 소개한 오저군(吳宁君)을 통해 내가 직접 관리하겠네. 그러니 그대는 우선은 큰 욕심을 부리지 말고 기존의 것을 잘 지키는 일에 집중하도록 하시게."

그것은 김유회가 스스로 원하는 바이기도 했다.

지금의 항로만으로도 그로서는 몇 년 전까지는 생각지도 못했을 정도로 규모가 어마어마한 영역을 관리하는 것이다. 동래를 중심으로 동여진, 탐라, 일본에 이르는 중계무역을 자기 손에서 관할해야 하는 것이니, 벽란도까지는 도저히 능력이 닿지 않았다.

"내가 동래를 떠나 있는 동안 그대들이 이 일들을 잘 맡아서 처리해 줄 것이라 믿네. 앞으로 그 내용을 매월 초하루에 벽란도로 올라가는 선편을 통해 개경으로 보고하도록 하시게. 알겠는가?"

"예!"

정명해와 김유회가 정민의 말에 다시 고개를 조아리며 대답했다.

정민은 완전히 만족스러운 것은 아니나, 그래도 믿을 만한 사람들을 길러 놓았다는 생각에 안심이 되었다.

지난 2년간 정민은 탄탄하게 동래에 기반을 다질 수 있었다. 앞으로 그 기반을 더욱 튼튼하게 만드는 것이 바로 정명해와 김유회가 맡아서 해 주어야 할 역할이었다.

"그리고, 두 사람이 함께 힘을 합쳐서 할 일이 또 있네."

"말씀하십시오."

"금주(金州)의 상인들을 차근차근 흡수해서 아래에 거느리도록 하시게. 그리고 근처의 합포(合浦)에도 배를 대고 포구를 키우도록 해야 할 것이네. 동래를 기점으로 해서, 앞으로 금주에는 공인(工人)들을 불러 모아다가 작(作)을 키울 것이오, 합포를 통해서는 내륙으로의 무역을 중계하게 할 것이네. 앞으로 제각기 기능을 분담하여 마치 하나의 생령(生靈)처럼 움직이게 할 것이야. 필요하다면 돈을 아끼지 말고, 일단 지출한 다음에 추후에 허락을 받아도 좋으이. 아시겠는가? 김 행수는 아래에서 실제적인 업무를 하고, 정 호장은 앞으로 금주나 합포에 영향을 끼칠 수 있는 그 고을 호족들과 관리들을 잘 상대해야 할 것이야."

"……예!"

"명을 받잡겠나이다."

정명해와 김유회의 두 사람은 제각기 적잖이 속으로 놀라고 있었다.

정민이 어느새 자신들은 보지 못하는 그림을 그리고 있었던 것이다.

고려의 공산품 생산은 어디까지나 소(所)를 통해 인력을 착취하여 조정에 공물로 보내는 제도에 의존하고 있었다. 그러나 이것이 점차 붕괴되기 시작하고, 문벌귀족 및 호족들의 장원에 이러한 생산 기능이 흡수되어 국가의 공적인 간여가 줄어들고 있었다.

반면에 상업이 융성한 송나라의 경우, 대도시에는 석작(石作), 목작(木作), 재봉작(裁縫作) 따위의 공인들의 동업조직인 작(作)이 결성되어, 상업적 수공업의 전성기를 맞고 있었다.

정민은 장기적으로 붕괴되고 있는 소의 기능을 도시로 끌고 와서 전문적인 공인계층을 육성할 생각이었다.

인구가 근방에서 가장 많고 동래와 가까우며 항구를 끼고 있는 금주가 그 점에서는 최적지였다.

합포(合浦, 現 창원시 마산합포구)는 다른 의미에서 중요하게 관리해야 할 지역이었다.

이곳은 그동안 미곡조운(米穀漕運)의 주요한 중심지 가운데 하나였다. 때문에 내륙으로 들어가는 역로(驛路)가 잘 이어져 있었다.

정민은 이 합포를 내륙운수의 출발점으로 삼을 생각이었다. 동래를 중심으로, 금주, 합포 따위를 포괄하는 상업도시를 성장시켜 천 년을 갈 정 씨 가문의 기반으로 만드는 것이 최종적인 목적이었다.

“그리고, 내 이제껏 상업에 대해서만 크게 주의를 기울여 왔으나, 기본적으로 토지가 근본임을 잊어서는 안 될 것일세. 정 호장은 앞으로 동래를 중심으로 인근 고을의 생산력이 좋은 땅들도 가능한 많이 사들일 수 있도록 하게. 북쪽 지방은 기후가 조야하여 수차와 이앙법이 결실을 보기 힘드나, 이 동남방의 온지(溫地)에서는 가능하고도 남을 것이네. 이러한 땅들에 새로운 농법을 시도한다면 그 소출이 반드시 늘 것이니 이를 유념하고 시행하도록 하시게. 알겠는가?”

“알겠나이다.”

정민은 그 뒤로도 둘에게 이것저것 지시를 내렸다.

정명해에게는 따로 김유회에게 시간이 있을 때 한글을 가르쳐 두도록 했다. 고려의 나랏말을 받아 적는 것이니 대략 국문(國文)이라 이름하고 우선은 일부만이 공유할 수 있는 교재도 만들고 있었으나, 아직은 이를 보급하기에는 시기상조였다.

다만 믿을 수 있는 가신들에게는 가르쳐서 일종의 암호처럼 이용할 생각이 있었다.

앞으로 개경으로 올리는 보고도 전부 이 국문으로 적어서 올리도록 하는 것이다.

그 요령을 안다면 쉽게 익힐 수 있는 것이나, 모르는 자들에게는 그저 알 수 없는 글씨일 뿐이다. 정민은 이러한 이점을 한동안 쥐고서 확산시키지 않을 생각이었다.

❖ ❖ ❖

"저도 개경으로 오라버니를 따라가게 되는 건가요?"

정민이 개경으로 올라가게 되었다는 이야기가 들리자, 왕연이 냉큼 정민을 찾아와서 물었다.

정민은 아차 싶었다.

사실 이 일에 있어서 가장 먼저 소식을 알려 주어야 할 사람 가운데 한 명이 왕연이었던 것이다.

"대령후 합하께서 복권이 되셨다. 너도 당연히 이제 합하의 슬하로 돌아가야 하지 않겠니. 합하께서 마땅한 혼처를 다시 구해 주시게 되었으니 참으로 잘된 일이다. 두 달 정도 동래에 머물렀다가, 겨울이 오기 전에 8월에는 개경으로 출발하여, 중추절(仲秋節, 추석) 전에는 개경에 당도하도록 할 것이다."

정민의 말을 듣고서 왕연은 좋은 것인지 싫은 것인지 알 수 없는 묘한 얼굴이었다. 당연히 좋아할 줄 알았던 왕연이 생각보다 심심한 반응을 보이자, 정민은 조금 의문이 들었다.

"왜, 기쁘지 않느냐?"

"조, 좋기야 하지만요. 아버님께서 복권이 되셨다는데 딸로서 당연히 기쁘지요. 그렇지만…… 아녜요."

"왜 그러느냐?"

"오라버니는 제가 얼굴 한 번 보지 못한 외간남자에게 시집을 가는 것에 어떻게 생각하시나요?"

"그야 네 남편감이 어떤 사람이냐에 따라서 다르겠지."

"휴……."

왕연은 자기도 모르게 고개를 도리질 치면서 한숨을 쉬었다. 그러고서는 아차 싶어서 얼굴이 붉게 달아올라서 손을 휘휘 젓고는 자리에서 냉큼 물러갔다.

정민은 왕연의 반응이 어이가 없으면서도 혹시나 왕연이 자신에게 마음을 품고 있는 것은 아닌지 생각을 했다. 얼마 지나지 않으면 열여섯이 된다고는 하지만, 아직도 겨우 열다섯의 꼬마였다. 물론 그 나이에 대령후는 왕연을 보았다. 왕족들에게 있어서 그 나이면 시집 장가를 가서 아이를 보고도 남을 나이였던 것이다.

그러나 현대인인 정민의 입장에서는 아직도 그러한 조혼(早婚)에 대해서는 껄끄러움이 있는 것이 사실이었다. 사실상 이 고려 땅에 진짜 피로 이어진 혈족이 없는 탓에 오히려 고려의 근친혼 풍조에 대해서는 조금 덜 껄끄러웠다.

그러나 현대였다면 아직 중학교에 다니고 있을 아이들이 결혼을 하고 아이를 낳는 것은 사실 고려에서 가장 당혹스러웠던 것들 중에 하나였다.

정민은 왕연을 생각하면서 한숨을 쉬었다. 아니기를 바랐지만, 혹여 왕연이 정말 자신에게 마음을 품고 있다고 해도 정민은 당장 받아 줄 생각이 없었다.

일단 자신의 기준에서 왕연이 나이가 들 때를 기다렸다가 결혼을 하려면 이 시대 기준으로 왕연이 너무 나이를 먹게 된다. 그렇다고 그냥 데리고 살기에는 아직 정민의 입장에서 왕연이 여자로는 보이지 않는다는 것이었다. 다르발지에게 들었던 감정에 왕연에게는 전혀 들지 않았던 것이다. 귀엽기는 했고, 여자로서의 매력도 슬슬 뿜어내고 있는 왕연이었으나, 아직 그것이 전부였다.

'더군다나 대령후의 딸을 신부로 맞아들이게 된다면 정치적으로도 대령후랑 더 이상 뗄 수 없는 관계가 되는

것인데, 내가 지금 그것을 감당할 수 있을까?'

현실적으로 보았을 때는 왕연의 아버지인 대령후의 존재도 문제였다. 이제 복권이 되었으니 대령후의 심중이 어떻게 변했을지 또 모를 일이다. 애초에 왕연을 정 씨 집안에 맡겨 사가로 시집보내려 했던 것은 대령후가 희망이 없이 천안부에서 유배 생활을 하고 있었기 때문이었다.

그런데 이제 여전히 임금의 의심이 다 풀린 것은 아니나 복권이 되었으니, 보다 나은 혼처를 찾고 싶을 것이다. 정서는 정민에게 보내는 편지에서 은근히 왕연과 맺어지는 것이 어떠하냐는 식의 내용을 쓰고 있었지만, 정민의 생각은 달랐다.

왕연과 혼례를 치르면 얻게 될 것과 잃게 될 것을 생각해 보건대, 적어도 지금 기준에서는 잃을 것이 더 많았다.

'현모양처가 될 아이이기는 하지만…….'

왕연의 나이가 두 살 정도만 더 많았더라면 어땠을까 생각해 보았다. 그 정도라면 어떻게든 받아들일 수 있을지도 모를 일이다.

'됐다. 혼자서 괜히 김칫국 마시고 있는 걸 수도 있다.

괜히 복잡하게 생각해 보아야 남는 것도 없고, 나는 일단 내가 책임진 일만 잘 마쳐 주면 되지.'

◈ ◈ ◈

여름도 성큼 물러가고, 오곡이 노랗게 익어 들을 가득 메우는 계절이 찾아왔다.

정명해의 호장직 임명은 울주를 거쳐 동경까지 장계를 보내어, 김자양의 도장을 받아 내는 것으로 쉽게 마무리 되었다.

이제 명실상부하게 동래현의 공식적인 장관(長官)은 정명해가 된 것이다. 비공식적으로도 동래 정 씨 문중의 어른들에게 인정을 받았으니, 정명해는 원하던 바를 이제 성취하게 된 셈이다.

김유회에게 인수인계를 해 주는 것도 큰 차질 없이 잘 마무리 되었다.

어차피 많은 부분을 맡아서 처리하고 있던 김유회였다. 동경에 심어 두었던 거간꾼과도 연결시켜 주고, 동여진으로도 일부러 한 번 다녀오게 했다.

동여진으로 다녀오는 김유회 편에 다르발지에게 소식

을 들려 보냈다. 김유회의 말로는 다르발지가 담담하면서도 그리움이 가득 묻은 표정으로 정민의 소식을 들었다고 했다. 그녀는 답례로 옥(玉)을 다듬은 자신의 장신구 하나를 김유회를 통해 정민에게 보냈다.

“다르발지 님은 잘 지내고 있으니 나리께서도 염려치 말고 대업 이외에는 생각지 말라고 전해 달라고 하셨습니다.”

“그러한가.”

“다르발지 님은 용모만 아름다우신 것이 아니라 기개와 재용이 두루 넘치는 분이십니다. 언젠가는 필히 나리 곁으로 불러 쓰시면 나리께 크나큰 도움이 될 것입니다.”

김유회는 부구가샤에 다녀온 뒤로 다르발지에게 크게 감탄한 듯했다. 그는 더불어서 그런 여자를 얻은 정민에 대해서도 적잖이 존경하는 눈치였다.

상인답게 다르발지가 여진인이라는 사실 보다도 그녀의 능력을 놓고 판단하는 모습이 정민은 썩 마음에 들었다.

“언젠가는 그리해야겠지. 그러나 지금은 아닐세.”

“그렇습니다. 개경으로 올라가셔서 이루셔야 할 일이 아직 많지요. 하나.”

김유회가 엎드리며 간곡한 어조로 말을 이었다.

"다르발지 님이 아니더라도 하루 바삐 나리의 옆자리를 채우셔야 합니다. 단지 가문을 잇기 위해서가 아니라 남자는 내조를 받아야 바깥일에 보다 집중할 수 있는 것입니다. 제가(濟家)가 늘 치국(治國)에 앞섬을 잊지 마십시오."

"김 행수. 나는 나라를 다스리는 몸도 아니니 치국을 논할 바가 아니고, 나에게 있어서 가문은 동래 정 씨 집안일세. 그것은 지금도 잘 거두고 있다고 생각하는데."

"소인의 무례를 다시 한 번 용서하십시오. 그러나 동래 정 씨 집안은 여러 사람으로 이루어진 문중(門中)이지 나리 자신의 것은 아닙니다. 그리고 그 또한 이제는 정 호장에게 맡기시지 않으셨습니까? 나리께서는 장가갈 나이를 지금 넘으신 지 오래입니다. 또한 나라에 관하여 말씀드리자면 언젠가는 그러한 자리로 나아가실 분 아니십니까? 바깥만 돌보실 것이 아니라 집 안도 돌보셔야 합니다. 정서 나으리께서는 대령후 합하의 따님을 나리의 배필로 보시고 계신 것 같습니다. 제 생각도 그와 같습니다. 부디 개경으로 가시는 동안 한 번 고려 해 봐 주십시오. 왕연 아가씨는 좀 더 나이가 들면 든든한 집안의 버팀목이 되어 주실 분이십니다."

"그만하라. 언사가 지나치다. 김 행수도 최여해의 망언이 익양후에게 어떤 화를 불러왔는지 들어서 알지 않은가?"

정민은 김유회가 더 이상 말을 하지 못하게 막았다.

나라를 다스린다?

그런 생각을 단 한 번도 해 보지 않았다면 거짓말일 것이다.

그러나 지금 시점에서는 허황되다 못해 자칫 하다는 죽음을 초래할 수 있는 위험한 생각이었다. 아랫사람이 함부로 그러한 일을 떠들게 놔두어서는 안 된다.

결혼 문제도 그렇고 이번에는 김유회가 충심에서 한 말이라 하더라도 지나쳤다. 이러한 문제들은 오직 정민이 스스로 결정을 내려야만 하는 것이었다.

"직언은 달게 듣겠네. 그러나 이번의 것은 지나쳤음이야."

"용서하십시오."

김유회가 납작 엎드려서 용서를 구했다. 김유회의 마음도 아는 바이니 정민은 더 이상 이 이야기를 하지는 않기로 마음먹었다. 그는 김유회와 함께 마지막으로 상단의 일을 점검하고서, 일찍 집으로 돌아왔다.

"어서 오세요, 오라버니."

늘 지내고 있던 사랑방으로 들어가려던 정민은 중문(中門) 앞에 서 있는 왕연을 보고 화들짝 놀랐다.

"여기서 무엇을 하고 있니?"

"오라버니가 돌아오시는 것을 기다리고 있었지요."

왕연은 청아한 웃음을 지으며 대답한다. 정민은 그녀의 얼굴을 보고 있자니 복잡한 기분이 절로 들었다. 그는 얼굴 표정을 굳히고서 왕연을 똑바로 바라보았다.

"연아. 아니, 아가씨."

"왜 갑자기 그렇게 부르세요?"

정민의 말에 왕연의 표정이 싸늘하게 굳었다.

그녀는 입술을 비죽이 내밀고서 불만스러운 표정을 감추지 않았다.

"이제 며칠 뒤에는 저와 함께 개경으로 올라가셔야 하고, 그곳에 가시면 다시 대령후 합하께서 복권이 되셨으니 후작부(侯爵府)의 영양(令孃)이 되시는 것입니다. 지금처럼 호형(呼兄)하고, 호매(呼妹)할 수가 없습니다. 아시겠지요?"

"아니요!"

이런 반응이 나올 줄 알았지만, 정민으로서는 나름의 거리 두기를 할 필요성을 느끼고 있었기 때문에 물러서지 않았다.

"그래도 아니 되는 것은 아니 되는 것입니다. 대령후 합하께서는 아가씨가 개경으로 돌아오게 되시면 마땅한 혼처를 구해 주실 겁니다. 그러니 이제부터는 조신하게 행동하셔야 합니다, 아가씨. 그렇지 않으시면 그동안 보호자로서 제가 아가씨를 잘 못 돌본 것이 되지 않습니까?"

"……그 옥패(玉佩)는 어디서 나신 거예요?"

정민이 몸을 살짝 굽혀 왕연에게 이야기를 하느라, 허리에 차고 있는 옥패는 신경 쓰지 않고 있었다. 그런데 없던 것이 매달려 있는 것을 왕연은 놓치지 않은 모양이었다.

왕연에게 사정을 잘 말하고 있다고 생각했는데, 묻는 말에는 대답하지 않고 엉뚱한 것을 걸고넘어지는 것에 정민은 살짝 부아가 돋았다.

"정인이 보낸 선물입니다."

"알겠어요……. 제가 괜히 물었네요. 이만 돌아가서

개경으로 올라갈 준비나 하겠습니다. 실례했어요, 당숙."

왕연은 울 것 같은 표정을 지으며 더 이상 투정을 부리지 않고 물러났다.

정민은 괜한 죄책감이 들었지만, 이렇게 해야 할 필요가 있었다. 왕연과 혹여 혼인을 맺게 된다는 것은 여러 가지 책임이 뒤따르게 되는 일이다.

정치적으로 대령후는 짐이 될 수도 득이 될 수도 있었지만, 정민이 생각하기에 지금은 짐이었다.

왕연의 나이가 조금만 더 많았더라면 진지하게 고민해 보았을 테지만, 지금 상황에서 정민은 왕연을 아내로 들일 생각이 없었다.

더군다나 왕연은 고작 열다섯이었다. 그녀가 지금 자신을 남자로서 사모한다고 하더라도 사춘기의 흔히 지나가는 그런 낭만적인 감정일 것이다. 정민은 그렇게 자기 결정을 합리화시켰다.

❖ ❖ ❖

개경으로 올라가는 길은 육로가 아니라 해로를 택하기로 했다.

벽란도에서 이미 이야기가 된 대로 오저군이 배를 끌고 내려왔다. 그는 약간 후덕한 풍채의 중년 남성으로, 앞으로 벽란도와 개경을 오가며 정민의 장사를 관리할 사람이었다.

일전에 김유회가 벽란도에 은방을 만들고 정서에게 자금을 전하기 위해 올라갔을 때, 이야기를 마치고 정민의 아래로 들어오기로 약속을 한 상태였다. 그러나 오저군으로서는 정민의 얼굴을 이번에 직접 보게 되는 것이다.

"상고(商賈) 오저군이라 합니다, 나리."

아침부터 광안포에다가 배를 대어 놓고 개경으로 올라갈 물건들을 싣는 것을 지켜보던 오저군은, 이내 곧 정민이 배에 오르기 위해 나왔다는 소리를 듣고서는 달려 나가 정민을 맞았다.

"정민이네. 고개를 드시게."

엄격한 신분제 사회인 고려에서 아래 신분의 사람은 윗사람이 허하기 전에는 함부로 고개를 들어 그 얼굴을 보는 것은 매우 예의에 어긋나는 것이었다.

정서의 허락을 받고서 고개를 들어 이제 자기 상전이 될 사람의 얼굴을 본 오저군은 저도 모르게 감탄하고 말았다.

정민은 6척도 넘어 보이는 훤칠한 키에 비단 금포(錦袍)가 너무나 잘 어울리는 훌륭한 체격을 가지고 있었다. 더군다나 숱이 많고 매끄럽게 난 수염은 지나치게 길거나 하지 않게 잘 정돈되어 있었고, 콧날이 매끄럽게 높고 눈이 크고 맑은 얼굴은 용안(龍顔)이라 해도 믿을 정도였다. 상인 일을 하면서 여러 사람을 보았지만, 이렇게 군자의 기풍이 절로 우러나오는 사람은 또 처음이라 오저군은 순간 말을 잊고 말았던 것이다.

"……."

"왜 그러시는가?"

"아, 아닙니다, 나리. 워낙 용체(容體)가 뛰어나시어 저도 모르게 감탄을 했습니다."

"이 사람. 처음 보는 데도 괜한 침을 바르는구먼."

"소인 본래 장사치인지라 마음에 없는 이야기도 참으로 많이 합니다마는, 나리의 용체는 귀인의 것임에 분명합니다. 이리 놀란 것은 처음입니다."

"실없는 소리 그만하시게. 듣기 나쁘지는 않으나 아무리 단 말도 지나치면 좋지 않은 법일세."

"아닙니다, 나리. 제가 부족하나마 상을 볼 줄 아는데 나리의 상은…….”

“왜 그러는가? 말 해 보시게.”

“그게…… 임금의 상입니다.”

오저군은 몸을 정민에게 바짝 붙이고 목소리를 낮추어 말했다. 혹여나 주변에서 들으면 두려울 말인 것을 아는지라 조심하는 것이다.

“그런 말, 어디 가서 하지 마시게.”

정민은 오저군의 말을 들었을 때, 예전 도신이 지나가듯이 말했던 바가 떠올랐다.

도신은 정민의 용모를 보고서 혀를 차며 핏줄은 임금의 핏줄이 아닌데 임금의 용안을 타고 났으니 두려운 상이라고 했던 것이다. 애초에 관상 따위는 믿지 않는 정민이었으나, 이런 말을 두 번째 듣는 것이다 보니 생각이 복잡했다.

‘임금의 상이라, 그런 것이 있을 리가 있나.’

그는 더 이상 이런 이야기를 들어서 좋을 것이 없다고 생각하고 있었다.

현대인의 관점을 가진 정민은 왕후장상의 씨가 따로 있다고 생각하지는 않았다. 그러나 엄존하는 고려의 질서를 뒤집고 자신이 역성혁명이 가능할 정도로 기량을 갖추고 있다고 생각하지도 않았다.

지금 그가 최우선으로 삼고 있는 것은 현존하는 고려 왕조의 틀 안에서 아무도 건드릴 수 없는 자신만의 영역을 건설하는 것이었다.

'그것이 가능할지 어떨지는 모르지만, 용상에 앉겠다는 꿈보다는 현실성이 있겠지.'

개경으로 올라가게 된 마당에도 동래에 특별히 주의를 계속 기울이고 있는 것은 그 때문이었다.

개경에 나아가서 아비를 좇아 출사하는 것은 정민에게 또 다른 권력과 지위를 줄지 모르지만, 모든 것은 땅으로부터 나오는 불변의 기반이 없으면 다 소용이 없는 노릇이었다.

정서가 조정에서 밀려난 뒤에 재기가 가능했던 것은, 정민이 가산을 일으켜 도움을 준 것도 크지만, 기본적으로 동래라는 기댈 수 있는 본향(本鄕)이 있었기 때문이다.

정민은 사상누각을 지으며 가능성이 없고 위험이 큰 전복을 생각하지 않았다. 다만 현실적으로 차근차근 힘을 길러 나가는 것이 그의 방식이었다. 그리고 그 결과가 어떤 식으로 맺어질지는 아직 세월이 더 흘러 보아야 알 수 있는 것이다.

"……."

정민이 잠시 생각에 잠겨 있는 사이, 배에 오르기 위해 시비 적심과 함께 왕연이 정민의 근처로 나아왔다. 그러나 왕연은 정민을 힐끔 보고서는 말없이 지나쳐 배에 올랐다.

일전에 정민이 다시 말을 높이며 거리를 두기 시작한 이후로, 왕연은 정민을 찾아오지도 않았고, 대화를 나누지도 않았다. 정민은 그러한 왕연의 태도가 불편했으나, 어쩔 수 없는 일이라고 생각했다. 지금은 사춘기 소녀의 마음까지 신경 써 줄 정도로 정민 스스로가 한가롭지가 않았다.

"적심이라고 하였느냐?"

대신에 정민은 왕연을 뒤따르던 시비를 불러 세웠다.

"예, 나리. 하문하십시오."

"바닷길이 험하니 아가씨를 그동안 잘 뫼시어라."

"그리하겠나이다."

"적심아, 어서 가자."

적심이 정민과 대화하는 것을 보고 있던 왕연이 살짝 날카로운 음성으로 적심을 재촉했다.

그것은 표독스럽다기보다는 소녀의 치기 어린 목소리였으나, 정민은 이렇게 된 것이 못내 불편했다. 적심이 난처해하자 고개를 끄덕여 보내 주고서, 정민은 왕연의 뒷모습을 바라보았다.

"준비가 다 되었사옵니다, 나리."

왕연이 배에 오르는 것을 지켜보고 있던 정민에게 오저군이 다가와 말했다.

정민은 고개를 끄덕이고서는 마지막으로 광안포의 풍광을 바라보았다.

처음 이곳에 나아왔을 때에는 아무것도 없는 백사장뿐이었다. 그러나 해안가에서 백사장이 끊어지고 수심이 깊어지는 곳에다가 포구를 세우고, 백사장에는 정자와 학당, 그리고 창고와 조선소를 세웠다. 이제는 사람도 모여들어 60호 정도가 해안가에서 기거하는 하나의 그럴싸한 포구로 발전해 있었다. 아마도 다시 이 광안포에 찾아오게 될 때에는 더욱 발전해 있을 터.

그 포구에 정민을 배웅하고자 김유회와 정명해가 사람들을 이끌고 나와 있는 것을 보고 정민은 조금 뿌듯한 기분이 들었다.

"나리, 부디 건강히 지내십시오."

"개경에서 대업을 이루시길 이곳에서 불철주야 빌고 있겠습니다."

"그대들도 부디 잘 지내고 있으시게. 내가 그대들을 믿고 이곳을 맡겨 두는 것일세. 그리고……."

정민은 그렇게 말하고서는 품에 두었던 지표(紙票) 하나를 꺼내서 정명해에게 건넸다.

"정 호장은 김 행수와 잘 논의하여, 이 지표에 적힌 금액을 꺼내어 이 광안포에서 멀지 않은 곳, 바다가 잘 내다보이는 절경지(絕景地)에 가람을 하나 지어 부처를 뫼시게."

"사찰을 말씀이십니까."

"그렇네. 이 동래 땅과 바다를 오고 가는 선원들의 무태(武泰)와 안녕을 빌기 위한 것이네."

"명을 받잡겠습니다."

정명해가 무릎을 꿇고 정민이 내리는 지표를 받아 들었다.

이제 같은 집안의 형과 아우가 아니라 엄연한 주군과 가신의 관계대로 정명해는 행동하고 있었다.

사실 한 고을의 호장쯤이면 그 신분이 무시할 만한 것이 못 된다. 아직 벼슬도 없는 정민에게 무릎을 굽힐 것이 아니다.

그러나 정명해는 정민이 절대로 이 정도 자리에서 머무를 사람이 아니라는 것을 잘 알고 있었다. 그는 또렷한 눈으로 정민을 바라보며 말했다.

"대업을 이루시오소서."

"그럴 수 있도록 하겠네."

정민은 정명해의 어깨를 감싸 안으며 일으켜 세웠다.

자신의 형을 자기 손으로 처리하면서까지 정민의 힘이 되어 준 사람이었다. 정명해가 먼저 배심을 품지 않는다면 정민은 끝까지 정명해와 함께 할 것이다.

"김 행수도 부탁한 일들을 잘 처리해 주고 있으리라 믿고 있겠네."

"심려치 마십시오."

"앞으로 벽란도 쪽으로 들어가는 상선들은 오 행수가 맡게 될 것이니 한동안 얼굴을 보기 힘들 것이네. 그래도 김 행수는 매달 내게 보고하는 것을 잊지 마시게."

"여부가 있겠습니까."

김유회가 이빨을 드러내며 웃었다.

치아를 관리할 방법이 마땅치 않은 시대라 다들 치열이 엉망이고 이빨이 금방 상하기 일쑤였다. 그래도 그런 것 치고는 김유회는 이빨이 고른 편이었고, 아직 앞니와 어금니도 잘 살아 있었다. 괜히 엉뚱한 것에 시선을 주고 있다고 생각하며 정민은 김유회의 어깨를 가볍게 두드리고 배에 올랐다.

"잘들 지내고 계시게."

"다녀오십시오! 나리!"

포구에는 정명해와 김유회뿐만 아니라, 그간 정민에게 이런저런 은혜를 입었다고 생각하는 동래 고을의 양민들과 정 씨 문중의 사람들도 나와서 배웅을 하고 있었다.

그들은 정민이 배에 올라 바다로 나아가 수평선 너머로 사라질 때까지 자리를 지키고서 정민이 떠나가는 것을 지켜보았다. 선미(船尾)에 서서 멀어져 가는 광안포를 보는 정민의 심정도 애틋했다.

'동래로 와서 2년 만에 다시 먼 세상으로 나아가는구나. 개경이라…… 이제 고려의 심장으로 내 직접 들어간다.'

배의 우현(右舷)에는 멀리 절영도가 바다 위로 물끄러미 모습을 드러냈다가 사라지고, 어느덧 큰 바다로 나와서 더 이상 동래현의 모습은 보이지 않게 되었다. 그러나 정민은 바닷바람을 맞으며 한참을 뱃고물에 서 있었다.

❖ ❖ ❖

정민이 탄 배는 천천히 남해안을 돌아 황해(黃海)로 접어들어 다시 나흘간을 북상했다.

화물을 최대한 싣지 않고 사람만을 태웠으니 더 빠르게 나아갈 수 있었으나, 왕연도 태우고 있으니 만큼 안전한 항로를 우선하여 천천히 연안을 타고 가느라 시간이 조금 더 걸렸다. 그래도 목적한 중추절을 닷새나 남겨 두고 벽란도에 다다를 수 있었다.

멀리 보이는 벽란도의 항구는 과연 고려의 제일가는 포구답게 번창하는 모습이었다.

이곳은 외국 상인들뿐만 아니라, 고려 상인들도 대외무역의 거점으로 삼는 곳이었다. 배후에 나라의 도읍이 있으니 수요가 늘 꾸준할뿐더러, 지리적으로도 중국과 가깝고 고려 땅의 중심에 위치한 곳이다 보니 대단히 입지가 좋다고 하겠다.

문종(文宗)의 치세를 전후하여 북송의 상인들과 고려

상인들이 한 해에도 수십 차례 오고 가고, 멀리 대식국(大食國, 아라비아)의 상인까지 기항하였던 시절에 비하면 벽란도도 다소간 영락한 느낌이 없잖아 있기는 했다.

그렇다고는 하나 개경의 관문이자 고려의 으뜸가는 항구인 이 벽란도에는 여전히 선박이 줄지어 만선(滿船)하여 들어오고 있었고, 왕도로 들어가는 조운선들도 벽란도에 배를 대고 있었다.

"이곳 상인들은 위로는 왕실의, 아래로는 적어도 조정 관료들을 뒤에 배후로 삼아서 활동 하는 자들이 많았습니다. 그러나 금나라가 들어선 이후 송상(宋商, 송나라 상인)의 기항이 급감하면서 예전에 비해 고관대작들의 관심과 투자도 줄었고, 상인들의 위세도 예전보다 못하긴 합니다."

벽란도에 배를 댈 때, 오저군이 정민에게 다가와 말했다.

오저군은 앞으로 이 벽란도와 개경의 시장을 장악하기 위한 일에 앞장설 사람이니 미리 자기가 해야 할 일을 알고 정민에게 정황을 알려 주는 것이다.

"송상들은 요즘에 전혀 기항하지 않고 있는가?"

"금나라가 들어서고 송나라에서 고려를 향해 출항을

금지하는 해금령을 내리는 바람에 배가 뚝 끊겼던 시기가 있었습니다. 그러나 지금은 그러한 금령도 잘 지켜지지 않기 시작해서 연 두 차례 정도는 송상들이 벽란도로 다시 들어오기 시작했고, 이곳의 고려 상인들도 송나라에서 오지 않으니 스스로 배를 몰고 나아가 직접 송나라에 들어가기도 하고 그렇습니다. 아주 교역이 끊어질 수는 없는 노릇이지요."

"그래서 일본으로 송나라 상인들이 점차 많이 가기 시작한 것이로구먼."

"분명 고려와 교역이 줄은 만큼 잃은 것을 벌충하고자 왜국으로 가기 시작한 것도 있을 것입니다."

점차 하카타로 내항하고자 하는 송나라 선박들이 증가하고 있는 것은 정민의 입장에서도 골칫거리였다.

하카타를 창구로 하는 일본의 대외무역을 정민이 모두 틀어쥐고 이익을 내는 것은 불가능했다.

정민이 어디까지나 독점하고 있는 것은 고려와 일본 간의 무역으로, 송나라 상인들이 송일무역(宋日貿易)을 시도하는 것을 막을 방법 자체는 없었다. 다만 아직은 그 규모가 위협적인 수준은 아니라서, 다자이후에서도 대고려 무역을 우선적으로 여기고 있다는 것이 그나마 다행이었다.

그러나 본래 송일무역에 지대한 관심을 기울이고 있던 타이라노 키요모리이니만큼, 내항하는 송나라 상인들이 늘수록 송나라 상인들에게 좀 더 관심을 기울일 가능성은 얼마든지 있었다.

"앞으로 우리의 가장 큰 경쟁자는 같은 고려 땅의 상인도 아니오, 일본의 상인들도 아니오, 바로 송나라 상인들이 될 것일세."

"사실상 그들을 이길 방법은 없습니다."

"잘 알고 있네. 우리가 송나라로 직접 들어가지 않는 이상, 고려와 일본 무역으로 그들의 압도적인 우세를 밀어낼 방법이 없을 걸세. 그러니 언젠가는 송나라로 들어가 안에서부터 흔들어야 할 것이야."

"나리께서 그리 말씀하시니 어쩐지 불가능하지 않게 들립니다."

"물론 지금 당장은 벽란도부터 어찌 내 손에 넣어 보아야 하겠지만 말일세."

정민은 그렇게 말하며 얼굴에 미소를 띠었다.

'현대적 기준에 비추어 보면 그저 번창하는 동해안의 어항(漁港) 정도 규모지만, 시대를 감안하면 대단한 포

구다. 금주 따위는 벽란도의 절반도 안 되겠어.'

배에서 내려 벽란도 거리를 걸으니 생각보다 그 번창함이 대단했다. 예성강 하구의 이 벽란도의 번성함을 읊은 시의 그 모습 그대로였다.

潮來復潮去 (밀물과 썰물이 들고 나며,)

來船去舶首尾相連 (오는 배와 나가는 배가 서로 머리와 꼬리를 잇대니,)

朝發此樓底 (아침에 이 누대 아래를 출항하거든,)

未午棹入南蠻天 (한낮이 못되어 남만에 이르는도다.)

시라는 것이 과장이 있는 것을 감안하더라도, 확실히 벽란도의 활기찬 분위기는 정민에게도 큰 감명을 주었다.

예성강 하구에 면한 포구는 높지 않은 둔덕들을 뒤로 하고 있었고, 하안(河岸)으로부터 상거래를 위한 행랑(行廊)이 죽 늘어서 있었다. 주거와 창고 시설을 겸한 집의 길을 면한 쪽에다가 장사를 위한 공간을 만들어 둔 것이다.

그 외에도 이곳을 거쳐 가는 상려(商旅, 상객)들을 위한 여관과 주막 따위도 여기저기서 성업 중이었다. 정민은 우선 이곳에서 하루를 머물며 볼일을 보고 개경으로 들어갈 예정이었다. 예전에 김유회를 시켜 은방을 내게 하면서 창고와 주거용의 집도 매입해 놓았기에 머물 곳은 정해져 있었다. 적심을 시켜 왕연을 우선 벽란도의 집으로 보내고, 정민은 오저군을 앞세워 일전에 차려 놓은 은방에 들렀다.

“포구에서도 가까우니 위치도 좋고, 근처에 각종 물품을 파는 가게도 많으니 필시 돈이 많이 오고 가는 곳으로 보이네.”

“그렇습니다. 당초에는 거래의 용이함을 위한 용도로만 생각하였으나, 지금은 이 은방이 알음알음 알려져 다른 상인들도 더러 이용을 하고 있습니다.”

“그렇구먼. 자네는 여기다가 돈을 맡기면 이문을 붙여주고, 그 맡긴 돈을 다른 돈이 필요한 자에게 빌려 주어 그보다 높은 이문을 받아서 돈을 놀리지 않고 버는 것을 어떻게 생각하는가?”

“은방을 그렇게 굴려 볼 생각이십니까?”

오저군의 말에 정민은 고개를 살짝 끄덕였다.

그는 은방 뒤의 단단히 봉해져서 고용한 사병들이 지키고 있는 창고로 들어가 보았다. 그곳에는 다시 자물쇠로 채워진 상자마다 은병이 가득 채워져 있었다. 일부러 침입이 어렵도록 창문 하나 뚫지 않고 사방을 돌로 쌓은 창고였다.

더불어 유일한 입구는 10명 이상이 교대로 지키도록 해 놓았으니, 웬만한 도적이라고 하더라도 은병을 털어 갈 엄두는 내지 못할 것이다.

“창고가 아무리 안전하다고는 하나 이곳에 가득 은병을 쌓아 놓으면 불안함을 가실 수 없을 걸세. 그럴 바에는 차라리 돈을 자꾸 돌려서 이문을 챙기는 것이 더 낳지 않겠는가?”

정민이 생각하는 것은 일종의 예금과 대출 거래를 포함하는 은행과 유사한 용도로 은방을 활용하는 것이었다.

그것이 잘 정착한다면 정민은 쉽게 자본금을 모을 수 있고, 특별한 위기가 찾아오지 않는 이상 모든 예금자가 한 번에 돈을 찾으려 할 일이 발생하기는 어려우므로, 그 돈을 여기저기에 대출해 주고 그 차익을 챙길 수 있었다.

이 은행을 정민이 지금 동래에서 몰래 계속 주조하고 있는 은병의 제조 기능과 합친다면 좀 더 근대적인 은행의 기능에 더 가깝게 될 터였다.

물론 처음부터 그러한 규모로 시행을 할 수는 없으니, 차츰 단계적으로 규모를 늘려 나갈 방도를 생각해야 했다.

"이 벽란도의 상권을 내 손안으로 끌어오려면 무엇부터 해야겠는가?"

"우선은 큰 규모로 거래를 해 줄만한 송상을 포섭해야 합니다."

"그러니까 송상 하나를 물어야 진입이 가능하다는 이야기인가?"

"꼭 그런 것은 아닙니다만, 역시 큰돈이 오고 가는 것은 송나라와의 거래이지요. 두 가지 방법이 있습니다. 정기적으로 내항을 할 송나라 상인을 잡아서 거래를 열든지, 아니면 직접 송나라로 출선하여 물건을 잔뜩 들여와 벽란도의 거래 흐름을 흔들어 놓느냐, 입니다. 그러나 둘 다 쉽지는 않습니다."

"왜 그런가? 말씀해 보시게."

"우선 큰 규모로 상행을 하고자 하는 송상의 내항이 급감한 상황이라 믿고 거래할 만한 자를 구하기가 쉽지가 않습니다. 그나마도 꾸준히 기항하는 송상들은 모두 이 벽란도에 거래처를 두고 있습니다."

"그것을 빼어 보아야 우리가 기대하는 규모로 거래를 하기는 쉽지 않겠구먼."

"그렇습니다. 직접 송나라로 출선하는 것 또한 문제인데, 이것도 무턱대고 출항을 해서 될 일은 아닙니다. 송의 시박사(市舶使)와 연을 댈 만한 송상이 필요합니다. 송나라에서의 거래 또한 절반은 인맥 싸움임을 잊으셔서는 아니 됩니다."

"결국 벽란도를 차지하기 위해서는 송나라에 배를 보내는 것이 차라리 빠른 방법이라는 것이란 말인가."

정민의 말에 오저군이 목간 몇 개를 품에서 꺼내 들었다. 각각의 목간에는 송나라 상인들의 이름이 적혀 있었다. 그는 그것을 정민의 앞에 펼쳐 놓고서는 한 명씩 짚어 가며 이야기를 했다.

"왕침(王砧)이라는 자는 천주 상인으로 매년 한 번 정도 벽란도에 들립니다. 이자는 큰 규모로 거래를 하지 않고, 10년가량 관계를 이어 온 고려 상인들과만 거래를 합니다. 좋지 않습니다."

"음……."

"이길광(李佶匡)이라는 자는 복주 상인으로 거래를 트기는 쉬우나 믿을 자가 못됩니다. 추천 드리지 않습니다."

그런 식으로 오저군은 목간에 쓰인 이름을 하나하나 짚어 나가더니 마지막으로 한 목간을 집어 들고서 말한다.

“하두강(賀頭綱)이라는 상인입니다. 이 자도 천주 출신의 상인인데, 벽란도를 드나들다가 고려인 과부와 결혼하여 이곳에 정착하여 그간 모아 둔 재산으로 돈 놀음을 하고 있습니다. 이미 큰 거래에서는 손을 뗀 사람인데다가, 나이도 늙어 더 이상 부리는 욕심이 크지 않습니다. 다만 이자가 송나라 안에 인맥이 넓다는 소문이 있습니다. 고려에 정착한 지 삼 년이 넘어 지금은 어떨지 모르지만, 만약 송나라로 직접 출선을 하실 생각이 있으시다면 그자를 통해서 송나라에 거래를 트는 것도 제 생각에는 괜찮습니다.”

오저군은 과연 김유회 보다는 역시 한 수 위였다.

그는 자신이 해야 할 일이 정확히 무엇인지 알고 있었고, 정민이 필요한 것을 읽어 미리 준비해 오는 재간도 있었다.

정민으로서는 아직 이 오저군의 사람됨을 잘 모르고 신뢰할 수 있을지에 대한 확신은 없었으나, 적어도 자기 몫의 일을 처리하는 데에는 부족함이 커녕 오히려 뛰어난 사람이라고 판단했다.

“이 하두강이라는 자가 우리가 바라는 대로 움직여 주겠는가?”

“제가 아는 하두강이라는 신용할 만하고, 제 몫을 챙겨 주기만 한다면 일을 흠 없이 잘 처리 하는 사람입니다. 다만 일전에 그를 둘러싸고 소동이 있어서 고려의 상인들이 거래를 하두강과 일제히 끊은 일이 있어 장사를 그만두고 은퇴한 것입니다. 기회가 있다면 일을 거들어 주려고 할 것입니다.”

“그 소동이란 것이 대체 무엇인가?”

정민이 오저군에게 물었다. 오저군은 살짝 난처한 표정을 지으며 대답한다.

“그…… 처에 관한 것입니다.”

“처가 고려 사람이라고 하지 않았는가?”

“예. 그 여자가 과부가 되기 전에 이미 하두강과 면식이 있는 사이였습니다. 혹시 길거리에서 이 하두강을 조롱하는 노래를 들으신 일이 있으신지 모르겠습니다만…….”

오저군의 말에 따르면 이 하두강이란 상인은 예전에 지금 고려인 처가 다른 사람의 아내일 때, 벽란도 길을 지나가다가 보고서 그 미모에 홀딱 반했다고 한다. 벽란도에서 명성이 자자할 정도로 미인에 호리병 같은 몸매를 가진 여자였기에 하두강이 저도 모르게 그 여자를 탐을 내게 된 것이다.

상사병에 시름시름 앓던 하두강은 꾀를 내었다. 내기 장기를 이용한 꼼수였다.

하두강은 자기의 뛰어난 장기 실력을 숨기고 내기를 내리 져 주면서 남편이 돈을 따게 해 주었다. 하두강은 지나가는 이야기로 장기를 그만두겠다고 하니, 몸이 달아오른 남편은 돈을 더 따고 싶은 욕심에 아내를 걸고 장기를 두게 되었는데, 이 모든 것이 하두강의 계책이었던 것이다. 하두강은 여기에서 자기 실력을 드러내 하두강의 아내를 얻게 되었다.

"그래서 그 남자의 아내를 빼앗아 결혼을 하게 된 것이란 말인가?"

"아닙니다. 소문이 그렇게들 났었는데 실은 하두강이 그 여자를 데려가려다가, 그 여자가 우는 것을 보고는 그만 마음이 약해져 남편에게 돌려보냈습니다. 그러나 얼마 지나지 않아 그 남편이 병에 걸려 죽은 뒤에 그 여자를 자기 아내로 맞이하였으니, 벽란도 내에서 소문이 좋게 나지를 않았지요."

"결국 남의 아내를 빼앗은 것은 아니로군."

"그렇습니다. 그러나 하두강의 내기 장기 이야기가 퍼진 뒤로, 고려 상인들이 담합하여 하두강과 거래를 끊은 적이 있었습니다. 그 뒤로 하두강은 장사에서 손을 떼 버렸지요."

"그거 원……."

정민은 하두강을 어떻게 평가해야 할지 판단하기 어려웠다.

순정파라고 해야 할지, 비열하다고 해야 할지, 여하간 보통내기의 사람은 아닌 모양이었다.

"일단 개경에 다녀온 뒤에 한번 하두강을 찾아가 보도록 합세. 우선은 오 행수, 그대가 먼저 연통을 넣어 주게."

"그리하겠습니다. 아마 하두강은 흔쾌히 승낙할 것입니다."

"장기를 잘 둔다니 한번 그 실력도 볼 수 있으면 좋겠군."

"고려 천하에 하두강 보다 장기 잘 두는 사람이 없을 것입니다."

오저군이 껄껄 웃으며 말했다.

❖ ❖ ❖

예성강을 타고 불어오는 가을바람을 맞으며, 벽란도 별채에서 왕연은 문을 활짝 젖혀 두고 둥그렇게 떠오른 달을 감상하고 있었다.

아직 중추절까지는 며칠이 남아 달은 완전한 보름달은 아니었으나, 그 빛이 영롱하게 맑은 하늘에 걸려 있으니 풍취가 있었다.

"오라버니……."

왕연은 요즘 너무 마음이 아려 왔다.

그녀는 어느 순간부터 자나 깨나 정민의 생각뿐이었다. 그녀는 늘 아버지인 대령후가 세상에서 제일 기품이 있는 남자라고 생각했었다.

그런데 동래에 와서 정민을 보는 순간 그 생각이 흔들렸다. 그가 말갛게 웃는 모습은 티끌 한 점 묻지 않게 아름다웠다. 그 미소에 왕연은 반하고야 말았던 것이다. 늘 대령후의 딸로서 누군지도 모를 낯선 남자에게 시집을 가야 한다는 막연한 두려움만 안고 있던 그녀였다. 그런데 젊고 수려한 정민을 본 순간, 그의 아내가 되고 싶다는 작은 소망을 품게 되었던 것이다.

그녀의 나이 열다섯.

고려 왕족의 딸이라면 시집을 가고 남을 나이.

그의 아버지 대령후도 같은 나이에 자신을 보았다. 만약 지난 두어 해간 대령후가 임금의 의심을 받아 천안으로 유배나 다름없이 내쫓기지 않았더라면, 어쩌면 지금쯤 개경의 어느 귀족 집으로 시집이 보내졌을지도 모를 일이다.

"아……."

헛된 꿈이었을까.

동래에 머무는 동안 정민과 함께 이야기를 나누던 시간이 그녀에게는 벌써부터 머나먼 과거의 일처럼만 느껴졌다. 그날, 냉정하게 거리를 두고 자신에게서 멀어진 정민에게 그녀는 매우 화가 났다. 아버지에게로 돌아갈 수 있게 된 것은 기쁜 일이지만, 그 결과가 정민과 다시는 볼 수 없는 것이라면 그녀는 너무나 슬플 것 같았다.

그런데 정민은 그런 마음을 하나도 헤아려 주지 않았다. 그것이 너무 속이 상해 그녀는 개경으로 올라오는 내내 정민과 한마디의 말도 나누지 않았다. 그런데 그 상황은 상황대로 너무 답답하고 속이 상한 왕연이었다.

"아씨. 어찌 또 수심에 잠겨 계시나요."

적심이었다.

왕연은 그녀의 목소리에 흠칫 놀라 돌아보았다. 적심은 감을 놓은 은쟁반을 왕연의 앞에 내려놓았다.

"슬픈 표정일랑 가을바람에 씻어 버리시고 맛난 감이나 한 점 잡숴 보셔요."

적심의 말에 왕연은 고개를 저었다.

"미안해. 입맛이 좀체 없네."

"아씨."

"나는 왜 그럴까, 도대체. 그냥 생각을 않고 떠올리지를 말며, 그냥 모른 척하고 살아가면 될 일인데, 밤이면 밤대로 낮이면 낮대로 그분 생각을 하면 가슴이 먹먹해서 무엇을 하지를 못하니."

적심은 애잔한 표정으로 앉아 있는 왕연에게 무어라 말을 꺼내 위로를 해야 할지 알 수 없었다.

천민의 굴레를 자식에게 물려줄 생각도 없고, 높은 신분의 남자에게 노리개 취급을 당하기도 싫었던 적심은 남자에 대한 관심을 의도적으로 끊고 살았었다. 때문에 남녀 간의 사랑에 대해서도 아는 바가 없었다. 그런데 자기보다 훨씬 높은 신분의 아가씨가 사랑에 마음이 저리는 것을 보고 무슨 조언을 할 수 있겠는가.

"아가씨……."

"적심아, 내가 못난 모습을 보여서 미안하구나. 그래도 이대로 그냥 다시는 얼굴도 보지 못하고 헤어질 수는 없어. 그렇지 않니?"

"아가씨의 마음이 닿는 대로 하셔야지요. 아가씨께서 대관절 무엇이 부족하셔서 그리 속을 상해하십니까."

지근거리에서 왕연을 모시면서 그녀를 소중하게 생각하게 된 적심이었다.

감히 노비가 주인을 챙긴다고 할 수도 없는 노릇이지만, 왕연도 그녀를 매우 아껴 주었기에 적심은 그녀를 위해서라면 무엇이든지 할 수 있다고 생각을 했다.

원래 정서의 노비였던 적심은, 왕연이 대령후의 집으로 돌아가게 되더라도 그녀를 따라갈 수 있도록 허락도 받아 놓았다. 정민이 그 부분에 있어서는 흔쾌히 양해를 해 주었던 것이다.

그러나 지금은 그렇게 배려를 해 주었던 정민조차도

적심은 미웠다. 그녀의 주인의 마음을 이리도 아프게 하니 미울 수밖에 없었다.

"아니야. 적심아. 부족하고 부족하지 않고의 문제가 아니란다. 혹시 깨끗한 비단 포가 하나 있다면 가져다주겠니?"

"예, 아씨."

적심은 왕연이 시키는 일에 토를 다는 법이 없었다.

왕연에게 하얀 비단 포 한 필을 가져다주자, 왕연은 그 비단을 적당한 크기로 끊어다가 바닥에 펼쳐 놓고, 붓을 들어 한 글자 한 글자 정성들여 무어라 적기 시작했다.

적심으로서는 글을 모르니 무슨 내용인지 알 수 없었으나, 왕연이 한 글자마다 들이는 정성에는 마음이 아플 정도였다. 애절한 마음이 붓놀림에도 전해져 오는 것이다.

勸君莫惜金縷衣 (그대 금빛 실 옷을 아끼지 마시고,)
勸君惜取少年時 (부디 젊은 날을 아까워하소서.)
花開堪折直須折 (꽃이 피었을 때 꺾어야 할 것이고,)
莫待無花空折枝 (공연히 지고 난 뒤에 빈 가지를 꺾지 마소서.)

왕연은 그렇게 한시를 비단 위에 적어 놓고서는 한참을 어찌해야 할까 머뭇거렸다. 그녀는 비단을 접어서 치우려다가, 다시 그만두었다가, 그렇게 여러 번 고민하더니 끝내 비단을 접지 않고 적심을 바라보았다.

"당나라의 여인 두추랑(杜秋娘)의 시란다."

"무슨 내용인지 여쭈어 봐도 괜찮겠나이까?"

"젊은 날이 공허하게 지나가니 나중에 후회하지 말고 정인을 붙들라는 내용이야."

"그것을 어찌하여……."

왕연은 결심한 듯이, 그 비단을 적심에게 밀어 주면서 말했다.

"내일이면 나는 어찌 되었든 일단은 아버님께 돌아가야 한다. 너는 이것을 꼭 내일 정민 오라버니에게 전하도록 해 주렴."

왕연의 말에 적심의 눈이 휘둥그레졌다.

"나중에 어른들이 아시면 경을 칩니다, 아가씨."

"아니, 그 여자는 옥패를 오라버니께 쥐어 주었는데, 나는 비단에다가 시 구절 하나 쓰는 정도야. 오라버니께서 그 뜻을 헤아려 준다면 내가 답시라도 줄 것이고, 내게 마음이 전연 없으시다면 돌아오는 것이 아무것도 없겠지. 그럼 그때에 내 마음을 정리할 참이야. 그러면 미련도 없겠지."

왕연은 그렇게 말하고서 다시 하늘을 보았다.

뜰의 배나무 가지 위에 달이 함초롬하게 걸려 있었다.

제16장

왕경의 가을바람

중추절을 사흘 남겨 두고 개경으로 입경(入京)한 정민은 바로 정서의 저택으로 발걸음을 옮겼다.

그가 오기만을 기다리고 있을 아버지였다.

왕연은 개경성에 들어와서 일찍 찢어져 사람을 붙여 대령후의 사저로 보내었다. 그녀는 여전히 말이 없었지만, 대령후의 사저로 출발할 때에 올라탄 수레의 휘장을 걷고 정민을 한참을 바라보았다.

정민은 미안한 마음이 들어 무어라 말이라도 건네고 싶었으나, 선뜻 그러지를 못하고 결국 인사도 건네지 못한 채 왕연을 보내고 말았다. 마음이 살짝 무거워진 채로 정민은 호종하는 시종들을 이끌고 개경의 저잣거리를 지나 개성 동편에 위치한 정서의 집으로 향했던 것이다.

"민아, 왔느냐!"

정민이 온다는 소식에 정서는 마당까지 나와서 아들이 오기를 기다리고 있었다.

정민은 황공한 마음에 집안에 들어서자마자 말에서 내려 정서의 발밑에 엎드렸다.

엄연히 부자 간의 윤리가 있는 시절. 아버지가 아들을 직접 맞으러 나온다는 것은 그만큼 애정을 크게 표현하는 셈이다. 정민은 그 부정이 조금은 부담스러웠으나 마음만은 따뜻했다.

처음에는 이해로 얽힌 관계였으나 지금은 한 배를 타고 진정 같은 핏줄을 나눈 것과 같은 부자관계였다.

"그간 평안하셨사옵니까. 소자의 절을 받으십시오, 아버님."

"나는 잘 지냈다. 일들이 잘 풀려 제 벼슬자리도 찾고, 폐하의 마음도 다시 얻을 수 있었다. 이제 너까지 개경으로 왔으니 내 모든 소원이 풀린 셈이다."

정서는 껄껄 웃으며 정민을 일으켜 품에 안았다.

"어서 들어가도록 하자. 나눠야 할 이야기가 많다."

정서는 그렇게 말하면서 정민을 사랑방으로 끌고 갔다. 정서의 개경 자택은 넓지는 않았으나, 약간의 당풍(唐風, 중국풍)을 곁들여 깔끔하게 단장되어 있었다. 사랑방 앞에는 나무로 된 마루가 아니라 지붕을 올리고 바닥에는 석판을 깐 대(臺)가 있었고, 그곳에는 아들을 맞이하기 위해 준비한 산해진미가 올라와 있었다. 송나라에서 들여온 고급 탁자 위에 올라온 음식을 가운데에 두고 부자가 마주 앉았다.

"연 아가씨는 대령후저로 잘 보내 드렸느냐?"

"예. 그리하였습니다."

"일이 잘 풀리게 되어 대령후 합하께서도 개경으로 돌아오시었고, 이제 그 따님도 아비의 품으로 돌아가게 되었으니 참으로 복된 일이다. 그러나 여전히 합하께서는 따님을 시집이 가지 못한 몸이라 걱정이 많으신 모양이다."

"아가씨께서는 참으로 아리땁고 현명한 규수이시니 좋은 혼처가 있을 것입니다."

"그리 다른 곳에 시집을 가시게 되면 너는 괜찮고?"

정서의 갑작스러운 물음에 정민은 대답이 턱하고 막혔다. 이제 볼일이 없을 인연이라 여기고, 마음의 짐 같이 남은 왕연의 연정을 물리쳤던 정민이다. 그것이 도리에 맞는 것이라고 생각했다.

그러나 정서의 생각은 그렇지 않은 모양이었다.

"네 모든 것이 군자의 품성을 갖추었으나, 내가 그간 지켜본 바, 두 가지가 그렇지 못하다."

정서는 앞에 놓인 술잔을 들어 데운 청주를 한 모금 삼키고서는 말을 이었다.

"하나는 바로 이해타산에 밝은 것이다. 이것이 흠이라고는 할 수 없으나, 군자는 때로 이해에 맞지 아니하여도 도리에 맞는 일을 할 줄 알아야 한다. 다른 하나는 도량이 넓지 못한 것이다. 위기와 위난은 늘 곁에 있는 것으로 백 번을 준비하여도 그것이 올 일이라면 찾아오는 것을 막을 수 없다. 그러나 너는 아직 젊고 세상을 두려워하여 제 사람에게도 충분히 마음을 열지 않고, 네 속으로 많은 것을 숨기고 있는 것 같다. 그렇지 않느냐?"

정서의 말에 정민은 조금 당황했다.

정서의 말은 어느 정도 사실이었다. 현대에서는 세상을 두려워할 필요도 없고, 생존을 위해 남을 끊임없이 경계해야 할 필요도 적었다.

정민은 그저 대학생이었을 뿐이다.

세상의 무서움을 알기에는 나이가 어리고, 현대적 제도 하에서 목숨의 위협을 느낀 적도 없었다.

그러나 고려에 온 뒤로는 달랐다.

정민은 스스로를 감추고 숨겨야 했고, 자신이 살아남기 위해 남을 죽이는 일도 정당화 할 수밖에 없었다. 그 뒤로 정민은 마음을 잘 열지 않았다. 양부가 되어 준 정서에게조차 속마음을 다 드러낸 적이 없었다.

"예, 아버님……."

"네가 잘못된 것이라 질책하려는 게 아니다. 이것저것을 따지려다가 중요한 것을 놓치지 말라는 것이다. 살아가면서 가장 무서운 것도 사람이지만, 가장 소중한 것도 사람이니라. 이것은 괜한 소리가 아니라 세상의 이치이다. 삶을 살아가다 보면 시기하고, 질시하며, 미워하는 무리가 생기기 마련이니 적이 생기는 것을 막을 수 없다. 그러나 내가 마음을 열어 내 품에 안을 사람을 만들지 않으면서 적만을 견제하는 방법도 없다. 그러니 오히려 네 숨통을 열기 위해서는 주변에 네 사람이 많아야 한다. 그러니 신중하되 너무 계산치 말거라."

"그리하겠습니다."

"아직은 잘 와 닿지 않을 것이다. 네 실로 그런 정황을 재는 마음에 연 아가씨도 일부러 멀리한 것이 아니냐. 대령후 합하의 집안과 연을 맺어 그 집안의 서까래를 같이 짊어지는 것이 두려웠겠지."

"소자는……."

정민은 무어라 대꾸를 할 수 없었다.

현대적인 관점에서 왕연이 나이가 어린 탓에 여자로 보기 어려웠던 것도 있지만, 나이가 차기를 기다리지도 않고 미리 거리를 두어 버린 것은, 그런 외적 요소를 떠나, 바로 정서가 지적한 것을 마음속에서 계산했기 때문이었다.

남자다운 배포로 생각한 것이 아니라 상인의 머리로 재단한 것이다.

"너는 총명하고 재주가 좋으며, 몸가짐과 생김새 또한 천하에 견주어도 뛰어나다. 그러나 그 마음이 진정 넓어지지 않고서는 군자라고 할 수 없을 것이다. 괜한 대의 운운하면서 물불 못 가리는 허장성세를 부리라는 말이 아니다. 현실은 큰 뜻만을 좇아가기에는 어렵기 짝이 없는 것이 사실이지. 그러나 적어도 내 사람이라고 생각될 때는 그 짐도 나누어 질 수 있어야 한다."

정서는 그렇게 말하고서는 청주를 정민의 잔에 따라

주었다.

“실컷 술을 마시고 뻗어서 세상 근심을 모두 잊어 보는 것도 나쁘지 않을 터. 당장에 하늘이 무너질 일이 없으니 그만 마음의 짐을 좀 놓아라. 네 곁에는 나도 있고, 정명해나 김유회 같은 자들도 있다. 그리고…….”

“…….”

정서는 잠시 말을 할지 말지 곱씹는 것처럼 보였다. 그는 마저 정민의 잔을 다 채워 주고서 낮은 목소리로 입을 열었다.

“정명하의 일은 내 어찌 된 것인지 짐작을 하고 있다. 그가 보이지 않은 지 오래되었고 정자가의 집에도 나타난 정황이 없다. 그때 정명해가 네 노비를 데리고 나와 갈라져 어디론가 네 심부름을 갔으니 일의 아귀가 들어맞는다.”

“……!”

“그것은 필요한 일이기는 했다. 나라도 화근의 싹이 있다면 잘라 버리려 했을 것이야. 네가 나서지 않았다면 언젠가는 내가 했을 일이다. 네가 정명하를 죽이라고 시킨 것인지는 내 모르겠다만, 아무리 사이가 나쁜 이복형제 간이라 하더라도 동생을 형에게 보내 매듭을 지으라

한 것은 못된 짓이다. 아들아, 그리 사람을 담금질 하고 시험을 해서는 아니 된다."

아버지의 말에 정민은 그만 자신도 모르게 침음성을 삼켰다.

고려 땅 천지에 어디 기댈 곳 하나 없이 천둥벌거숭이로 던져졌던 정민이었다.

살아남기 위해서 살인을 자기 손으로 저질러야 했고, 그 뒤로 업보처럼 마음을 열지 못하고 꽁꽁 닫힌 채로 사람을 의심하는 버릇이 몸에 배었던 것이다.

정명하의 죽음은 본래 의도했던 바는 아니지만, 결국은 자신이 살아남기 위해 정명하를 호장에서 밀어내면서, 정명해를 시험하기 위해 그로 하여금 정명하를 잡아 오게 했던 것이다.

정명하의 죽음이라는 것도 사실 그 결과로 일어나게 된 것이 아닌가.

굳이 정명해를 보내지 않고 다른 이로 하여금 쫓게 하는 방법도 있었을 것이다. 그럼에도 불구하고 정명해는 한 치 마음의 움직임 없이 정민을 믿고 따라 주었다. 정서의 말에 미안함과 안타까움, 그리고 자신에 대한 서러움과 안쓰러움의 감정이 한 번에 파도처럼 밀려와 정민의 마음을 덮쳤다.

"술을 들고 마음의 짐을 덜어라, 아들아. 내 필히 너를 위해 좋은 자리를 예비할 것이다. 그러니 혼자 두려워하고 근심하지 말아다오."

정서는 그렇게 말 하며 정민의 어깨를 두드렸다.

가을바람이 처마를 스쳐 지나가면서 풍경을 울린다. 그 소리를 들으며 정민은 눈물 섞인 술을 한 모금 삼켰다. 술 맛이 느껴지지 않았다.

❖ ❖ ❖

얼마나 술을 마셨는지 기억이 나지 않았다. 일어나 보니 날이 바뀌어 다음 날 대낮이었다.

정민은 숙취가 가시지 않은 몸을 억지로 일으켜서 밖으로 나왔다. 마당에서는 아침부터 정민이 깨기만을 기다리고 있었는지, 노비 하나가 숭늉이 담긴 소반 상을 준비해 놓고 앉아 있었다. 정민이 나오자 그는 몸을 황급히 일으켜 상을 정민에게 가져오고 나서, 머뭇거리며 비단을 내밀었다.

"너는 적심이 아니냐?"

"예, 나리. 오늘 아침에 아가씨가 심부름을 시키신 것이 있어 나리를 찾아왔었는데, 전날 과음하시어 아직 기침하지 않으셨다고 하기에 기다리고 있었사옵니다."

"미안하게 되었다. 그런데 이 비단은 무엇이냐?"

"왕연 아가씨께서 그간의 감사를 담아 보내는 선물이옵니다."

"그러하냐. 잘 받았다고 전해다오. 내가 마땅한 답례를 나중에 사람을 시켜 보낼 것이다."

"반드시 마땅한 답례여야 합니다, 나리."

"……."

"천녀가 주제 넘는 말을 한 것을 용서해 주십시오, 나리."

정민이 묵묵부답인 것을 노비가 말을 함부로 얹어 화가 난 것으로 받아들인 적심이 무릎을 털썩 꿇으며 죄를 빌었다.

그러나 정민은 그것 때문에 그런 것이 아니었다. 전날 정서와 나누었던 대화가 무심코 떠올라서 그랬던 것이다.

"아니다. 내 잠시 생각이 복잡하여 말이 없었던 것이다. 일어나 네 주인에게로 돌아가거라. 내 마땅한 답례가 무엇인지 생각하여 그리하겠다."

"죽을죄를 지었습니다, 나리."

"그만 물러가거라."

정민의 말에 적심이 몸을 굽혀 절을 하고서 조심스러운 걸음으로 물러났다.

정민은 적심이 가져온 숭늉 잔을 들이켜 숙취로 뜨겁게 달아오른 속을 식히고서는, 마루에 앉아서 왕연이 보냈다는 비단을 펼쳐 보았다.

"……꽃이 피었을 때 꺾을 것이오, 공연히 때가 흘러간 뒤에 꽃 없는 가지를 꺾지 말 것이니……."

정민은 빼어난 글씨로 쓰여 있는 한시 네 구(句)를 한 자 한 자 뜯어 읽어 나갔다.

그 시에서는 애달픈 마음이 절로 전해져 왔다.

정민은 다시 왕연에 대해서 생각해 보았다. 아직 그녀에 대해서 확신이 없었다. 정서의 말대로 계산적이지 않으려 노력해 보았다.

다른 것을 다 젖혀 놓고 왕연을 본다면, 그녀는 참으로 좋은 배필이 되어 줄 여자임에는 분명했다. 어리긴 하지만 얼마 가지 않아 여자로서 충분한 나이가 될 것이고, 지금에도 현명하며 어진 마음이 보이니, 나이가 더 찬다면 집안을 안으로부터 잘 보살펴 줄 수 있을 것이다.

정민은 자신이 아직 가정을 만들 준비가 되어 있지 않아 그런 고민을 하는가도 생각해 보았다.

다르발지를 품에 안을 수 있던 것도, 그녀가 자신을 붙잡지 않고 기다리며 시간의 흐름에 그 운명을 맡기겠다고 한 덕분이었다. 정민은 아직 자신이 고려 땅에 가정을 만들어 자손을 남긴다는 것이 두려웠던 것이다.

'그러나 이제 나는 고려 사람이다. 돌아갈 수 없는 것을 알고 이 세상의 하나가 되기로 마음먹은 지가 벌써 오래. 그러니 천륜을 따르는 것도 꺼려 해서는 안 될 일이다.'

정민은 마음을 다잡았다.

왕연에 대하여 전혀 마음이 없던 것도 아니다. 그녀의 청아하고 아름다운 외모에 마음이 흔들리지 않았었던가. 그저 어린 여자아이라 생각하고 그냥 마음속에서 애써 멀리하려 했던 것이다. 그러나 이제 그 방심(芳心)도 받아 줄 준비가 되었다.

十五越溪女 (아리따운 열다섯 살 아가씨.)

羞人無語別 (남부끄러워 말 못하고 헤어졌구나.)

歸來掩重門 (집에 돌아와서 안문을 지치고서는,)

泣向梨花月 (배꽃을 비추는 달 마주하고 눈물만 흘리네.)

고등학교 고전문학 시간에 가장 마음에 들어 베껴 쓰고 다시 또 외웠던 시였다.

임제(林悌)라는 조선 선조 때 문인이 지은 시였다.

교실의 가장 뒷자리에 앉아서 국어 선생의 졸리는 목소리를 들으며 정민은 이 시만 거듭 외고 있었던 기억이 아직 또렷이 남아 있었다. 그날 교실 창밖으로 비끼는 햇살은 왜 그리도 따뜻하고 마음은 왜 그렇게 들떠 있었던지. 이제는 돌아갈 수 없는 날들이 되어 기억 속의 파편이 되어 버린 옛날이지만, 오래된 미래는 마음속에서 항상 바로 어제처럼 속삭이는 것 같았다.

정민은 그 시를 떠올려 적어 내려가고서는 마치 그 시가 왕연의 마음을 읊어 준 것 같다고 생각했다.

이 시를 답시로 보내는 것은 거절의 의미가 아니었다. 그 애틋한 마음을 자신이 헤아렸으니 기다려 달라는 이야기였다.

지금 당장은 아니 되나, 그래도 기다려 주겠다면 반드시 아내로 맞이하겠다는 마음을 담은 것이다.

"이 시를 대령후저의 아가씨에게 전하여라."

정민은 그것을 믿을 만한 노복에게 맡기고서는 잘한 일인지 스스로 자문해 보았다.

그러고는 대답을 내렸다. 그것은 그렇게 해야 할 일이었다.

이제는 더 이상 복잡한 길을 걷지 않을 것이다. 얽힌 실이 있다면 칼로 끊고 나아갈 것이다. 품을 사람은 품어 가며 큰 정도(正道)를 나아가리라, 그렇게 정민은 다짐을 했다.

◈ ◈ ◈

정자가는 요즘 들어 좀체 잠을 이룰 수가 없었다. 정서와 척을 질 것을 각오하고 줄을 대었던 정함이 역모의 혐의를 받고 자결함으로 인하여 끈 떨어진 신세가 되었던 것이다.

"이를 어찌해야 좋겠느냐?"

동생인 정자야를 불러서 물어보지만, 동생도 묵묵부답이다.

"형님께서 상의도 없이 은병 500근을 정함에게 바쳐다가 벼슬을 받아 놓고는, 지금 와서 저에게 일을 어찌해야 하냐고 물으시면 어떻게 합니까?"

정자야는 그간 형인 정자가에게 골이 잔뜩 나 있었다. 필요할 때만 불러서 의견을 구하는 한심한 작태에 화가 치밀었던 것이다.

그래도 한 핏줄에서 난 형제라고 정자야는 형이 부르니 와서 마주 앉기는 했다.

"그러지 말고 뭐라도 꾀를 좀 내어 보아라."

"일없습니다, 형님."

정자야는 이번에는 형을 아주 주저앉히게 할 생각이었다.

그놈의 벼슬길에 대한 욕망을 버리고 은퇴하여 여생을 보내는 것이 가장 좋은 결론이었다. 더 큰 화를 입고 손해를 보기 전에 벼슬을 내던지고 개경의 집을 팔아 적당한 곳에 장원을 하나 마련하여 보내라고 충언할 셈이었다.

"이대로라면 내 정서와 정민 놈에 대해서 밤낮으로 분개하여 잠을 이루지 못할 것이다."

"형님. 잘 따져 봅시다. 도대체 그들이 형님께 무슨 큰 대죄를 지었기에 이러십니까? 정서보다 더 높은 벼슬에 나가지 못한 것은 시운이 따르지 않았고, 능력이 부족했기 때문입니다. 이미 다 지나간 일들, 머리가 새하얗게 된 이제에 와서 역정을 부린다고 한들 흘러간 삶이 달라집니까?"

"뭐야? 아무리 그렇다고 하더라도, 네놈이 그리 이야기를 하면 아니 되지!"

정자야의 말에 정자가는 상을 엎으며 화를 삭이지 못했다.

분노가 그의 눈가에서 일렁이고 있었다. 졸렬함과 옹졸한 성정이 결국 제 마음도 갉아먹어 이성적인 판단을 하지 못하게 만들고 있는 것이다.

그래도 정자야는 마지막으로 한 번 더 말하기로 마음먹었다.

"저는 일전에 대령후 사건이 일어났을 때 고집해서 벼슬자리를 쥐고 있지 않기로 맘을 먹었습니다. 그래서 집안사람이 연루된 일이라고는 하나, 굳이 내려놓을 필요까지는 없는 벼슬을 그만두고 나온 것입니다. 그때는 형님도 은퇴하여 시나 짓고, 바둑이나 두며 남은 세월 보내자고 하지 않으셨습니까? 그런데 그 뒤로 어찌 이리도 속세의 먼지를 잔뜩 묻히고 더러운 자리에서 뒹굴려 하십니까!"

"그때는 내 정서가 동래로 내쳐진 것이 못내 기뻐, 내 같잖은 전옥서령의 벼슬을 내려놓는 것 따위는 아무렇지도 않았다! 그런데 이제는 그놈이 기가 살아 다시 대부에 올라 거들먹거리고, 나는 이도저도 아닌 신세가 아니냐!"

"형님, 입이 삐뚤어져도 말은 똑바로 하셔야지요. 정서가 대령후 사건에 연루되었을 때도 온갖 불만을 뱉어놓지 않으셨습니까. 그런데 그게 정서 때문이었습니까, 아니면 전옥서령에서 더 품계를 올릴 방법이 이제 마땅찮아서 그냥 포기하신 겁니까."

"……그런 식으로 이야기하지 말거라."

"정함에게 뇌물을 주고 벼슬을 산 사람이 한둘이 아니라 당장 정함이 죽었다고 해서 무슨 화가 닥치지는 않을 것입니다. 그러나 이제 그만 가망 없는 권력에 대한 욕망을 버리십시오. 저와 함께 시골로 내려가 유유자적 바둑이나 두며 삽시다."

"안 된다. 그런 말을 할 것이라면 썩 꺼져라! 너 혼자 그 잘난 목을 꼿꼿이 세운 채, 세상을 버리고 내가 낙향한 것이라 자위하며 죽을 때까지 살아라! 나는 그리 못하겠다."

좀체 말이 통하지 않는 형이었다.

정자야는 고개를 젓고서 그만 자리를 박차고 일어났다. 홀로 남은 정자가는 심통이 나고 부아가 치밀어 분을 삭일 수가 없었다.

'자야의 말 대로 내 인생도 얼마 남지 않았다. 살아보아야 20년을 더 살겠는가? 10년을 더 살기만 해도 장수를 했다고 할 것이다. 그러니 이생에 한을 남기고 갈 수는 없다. 내가 말라 죽더라도 그 잡놈들을 어떻게든 주륙(誅戮)낼 것이다!'

일반적인 사람이 이해할 수 없을 증오가 정자가의 마음을 활활 태우고 있었다.

정자가는 어릴 때부터 총명했던 정서와 수없이 비교를 당했고, 숙부에 비해서 벼슬이 한미했던 아버지는 정자가에게 늘 압박을 주었다.

그것이 정자가에게는 평생을 가는 마음의 짐이 되었다.

나이가 들어서 윗세대는 떠나갔지만, 정서는 임 태후의 여동생과 혼인을 치루고 대부의 반열에 올라간 것에 비해, 자신은 간신히 벼슬길에 들어가 평생을 하급관리로 지냈었다.

집안의 장서(長序, 나이의 순서) 대로라면 자신이 마

땅히 동래 정 씨의 수장이 되어야 했으나, 벼슬이 높고 명망이 있는 정서가 그 자리를 빼앗아 차지했다는 열등감까지 있었다. 거기에 자기의 편으로 서고자 했던 정명하는 얼떨결에 호장 자리를 빼앗겼다.

정명하가 쥐어 준 정보로 정서에게 압박을 줘 은병 500근의 마땅한 몫을 받아 내었으나, 이것을 정함에게 주고 벼슬을 사는 바람에 지금 끈이 떨어진 신세가 되었다.

돌이켜 볼수록 인생의 모든 실패가 정서로 귀인(歸因, 원인을 돌림)되고야 마는 것이다.

'그러고 보니 명하, 그놈은 어찌 되었기에…….'

돌이켜 생각해 보니 정명하가 호장의 자리를 빼앗기게 되었다면 바로 자신을 찾아왔어야 옳다. 그런데 연통조차 없고 생사여부조차 알 수 없으니, 마음 한구석에 의문이 스멀스멀 피어오르는 것이다.

'그 동생 놈이 호장의 자리를 이어받았는데, 그놈이 정민에게 줄을 댄 놈이라는 거지?'

영향력이 완전히 없어진 것이나 다름없는 동래의 집안일이었으나, 아주 듣는 귀가 없는 건 아니었다.

'어찌 된 영문인지 좀 알아보아야겠다.'

정자가는 분노를 가라앉히고 몸을 일으켜서 믿을 만한 종을 불렀다.

정서와 정민에게 언젠가는 외통수를 맞닥뜨리는 기분을 느끼게 해 줄 생각이었다.

그러기 위해서는 정자가 자신이 가진 모든 수단을 동원해야 했다.

또 일이 틀어질 수 있다는 생각을 하지는 않았다. 이제 정서가 다시 벼슬이 높아지고 권세가 늘어났으니 새로운 적들이 또 생길 것이다. 그러면 그 적들이 정자가 자신을 반겨 주리라 그는 믿어 의심치 않았다.

중추절(仲秋節).

음력 8월 15일이면 풍성한 수확을 기원하는 명절로 곧 추석(秋夕)이다.

이 추석은 고려의 9대 속절(俗節, 민간의 명절) 가운데 하나였다. 이 속절에는 원정(元正, 설)·상원(上元, 정월 대보름)·상사(上巳)·한식(寒食)·단오(端午)·추석·중구(重九)·팔관(八關)·동지(冬至)가 있었다.

추석이 다른 명절에 비해서 특별히 더 중요한 절기라고는 할 수 없었으나, 그래도 개경부중도 날을 맞아 명절 분위기가 가득했다.

성중에서는 온갖 햇곡식이 풀려서 넘쳐 나고, 임금이 베푼 은사로 죄수들이 방면되었다. 오색의 깃발이 거리에 나부끼고, 귀족집안에서는 제각기 옷을 갖추어 입고 주변의 친지와 어른에게 인사를 다니며 예방(禮訪)하였다.

"그대가 과정의 아들 민이로구나. 참으로 헌앙하고 귀하도다."

개경에서 처음 맞는 명절이었다.

정서는 때마침 날이 맞고 핑계도 있으니 정민더러 대령후저에 찾아가서 인사를 드리라 주문했다. 임금이 아직 완전히 대령후에 대한 의심을 걷지 않아 자칫하다가는 또 모함을 입을 수 있으니 정서가 직접 찾아가기는 어려웠다. 대신에 선물을 들려 정민을 보낸 것이다.

"소인의 아비가 드리는 선물이옵니다."

정민은 대령후의 앞에 엎드려서 정서가 보낸 선물을 바쳤다. 송나라 금 비단 20필과 은제 식기, 그리고 청자 등롱 따위였다. 대령후는 정서가 펼쳐 보인 선물들을 보고서는 매우 흡족해했다. 그러나 그의 얼굴에는 살짝 아쉬움도 묻어 있었다.

"과정이 직접 찾아올 수 있었더라면 좋았을 일인데."

"혹여 의심을 사게 될 수 있다 하여 찾아뵙지 못하는 것을 아비도 많이 송구하여 했나이다."

"아닐세. 경을 치른 것은 일전의 한 번으로 충분할 일일세. 괜한 경동(輕動)으로 형님 폐하의 심기를 어지럽힐 수는 없는 노릇 아니겠는가."

"송구하옵나이다."

"그나저나 동래에서 내 여식을 잘 돌보아 주었다는 이야기를 들었네. 연이가 그대의 이야기를 내게도 해 주었네."

"소인의 본분을 다 하였을 뿐입니다."

"너무 나를 어렵게 대할 필요 없네. 왕제(王弟)라고는 하나, 지금은 사실상 영어(囹圄)된 몸이나 다름없어 이 저택의 밖을 다니려면 온갖 눈치를 다 보아야 하는 처지일세. 개경으로 돌아오게 되었다고는 하나 운신이 예전처럼 자유롭지 않아. 나는 노인네도 아니고 아직 젊어 혈기가 넘치는 사람인데 이리 속세와 거리를 두고 살아야 하니 늘 사람이 그립네. 그대가 나와 나이가 그리 멀지 않아 어린 동생뻘이니 좀 편히 하시게. 그만 엎드린 몸도 일으켜서 바로 앉아 나를 보시게."

대령후의 말에 정민은 몸을 살짝 일으켜 바로 고쳐 앉았다.

마루에서 한 단 낮은 곳에 앉아 있기는 했으나, 몸을 펴니 이제 대령후의 얼굴이 똑바로 보였다. 너무 무례해 보이지 않도록 시선을 살짝 낮춘 채로 정민은 대령후를 바라보았다. 다른 왕족들을 보지 못하여 견주어 볼 수 없으나 대령후는 확실히 왕족다운 기품이 철철 넘치는 사람이었다. 체격도 적당히 좋았고, 얼굴도 매우 빼어난 편이었다. 왕연의 미모가 어디서 나온 것인지를 쉽게 알 수 있을 정도였다. 그간의 수심(愁心)으로 인하여 얼굴에는 그늘이 살짝 져 있었으나, 잘 뻗은 눈썹에는 아직 힘이 있었다. 이제 막 서른으로 접어드는 나이에 걸맞은 굳세고 단단함이 잘 배어 있는 모습이었다. 치기와 패기가 아니라 절제된 강건함이었다.

"오늘 그대가 찾아온 김에 내 무엇 하나 물어보고자 하는 바가 있네."

"하문하십시오."

"내 당초에 개경에 돌아오지 못하게 되었을 때 급히

딸의 혼처를 찾아 시집을 보내었으면 하는 마음에, 정서에게 부탁해 여식을 동래로 내려 보내었었네. 물론 그 뒤로 일이 생각지 않게 풀려, 어찌 되었든 내가 이제는 개경에 돌아와 후부(侯府, 후작의 관아)를 열 수 있게 되었으며, 사실상의 사면을 받았네. 그렇지만 여전히 임금의 의심을 받는 것을 천하가 아는 처지라 개경의 이름 있는 집안에서는 나를 멀리 하고 있네. 이러한 마당에 딸을 다시 어디로 시집보내어야 할지 고민일세."

"분명히 좋은 혼처가 있을 줄 아옵니다. 심려치 마시옵소서."

마음속으로는 뜨끔하여 진땀이 흐르는 정민이었다. 딴에는 이제 왕연이 원한다면 받아들여서 언젠가는 처로 삼을 생각을 굳힌 정민이었으나, 대령후의 심중을 알 수 없으니 공연한 소리를 할 수도 없었다. 사실 대령후가 시집을 보내 주지 않겠다고 하면 다른 방도가 없었다.

"이 사람, 내 이미 딸이 그대를 사모하여 밤에도 잠을 이루지 못하고 있는 것을 알거늘……."

대령후가 혀를 차며 말했다.

"면목이 없사옵니다. 합하."

"사실 나로서는 정 과정이 괜찮다고만 한다면 그의 집

안에 딸을 들여보내는 것이 가장 안심일세. 자네의 가친(家親)은 내게는 가장 좋은 벗이었으며, 때로는 형님 같은 분이셨네. 임금의 의심을 사는 줄 알면서도 나를 생각하여 곁에 머물러 준 사람이네. 종래에 화를 입게 되어 나는 천안에, 그대의 가친은 동래에 떨어져 있게 되었고, 지금은 앞으로 얼굴을 보고 앉을 기약이 없게 되었으나……."

"……."

"천안에 있을 적에 굳이 부담이 가는 일일 줄 알면서도 내 여식을 그대의 집안에 맡기려 했던 것은, 혹여 정과정이 내 딸을 어여삐 여겨 자네와 맺어 줄 생각을 품게 되지 않을까 하는 기대도 있어서였네. 물론 알아서 혼처를 잘 구해 주었더라도 나는 만족을 하였을 걸세. 그러나 어쩌다 보니 지금 모두가 개경으로 올라와 있게 되었고, 상황이 예전과는 달라졌네. 지금 그대에게 딸을 시집보낸다면 그야말로 형님 폐하를 도발하는 게 될 것일세."

대령후는 답답한 듯 고개를 저으며 숨을 뱉어 냈다. 그는 정민을 잠시 지긋이 응시하더니 정민에게 물었다.

"관직에 나아갈 생각인가?"

"그렇사옵니다."

"듣기에 머리가 총명하고 재주가 좋다 하니 과거를 보아도 될 것이오, 정 과정이 대부의 위에 있으며 그 부친과 조부 삼대가 모두 벼슬을 하였으니 그대가 음덕을 입어 나아갈 수도 있을 것이네."

"가급적이면 음서가 아니라 직접 과거를 치러 관직에 나아갈 생각입니다."

"어떤 방식이든 높은 관직에 올라갈 길이 열리게 되면 자네와 혼맥을 맺고자 하는 집안들이 줄을 서게 될 걸세. 어쩌면 벌써 연통을 넣고 있는 자들이 있을는지도 모르겠군."

"아직은 혼사에 대하여 생각해 본 바 없습니다."

"내 왕족이라 일찍 혼인을 했다고 하기는 하나, 그대가 올해로 스물둘이라 들었으니, 내가 장가를 든 나이보다 8년이나 늦은 나이네. 그대가 서두르지 않더라도 그대의 가친이 서두를 것이야. 그래도 당장 장가를 들 생각은 없다는 것인가?"

"……그렇사옵니다."

정민은 순간 다르발지의 얼굴이 떠올랐다. 어떤 의미에서 정민은 이미 혼인을 한 몸이었다.

물론 고려의 관습상 다르발지가 정처(正妻)로 인정되

지는 않을 것이다. 공식적으로 처첩제를 금지하고 있는 고려이기에 대부분은 일부일처를 고수하고 있었으며, 혹여 권세가 있고 신분이 높아 여러 여자와 혼인을 하더라도 첩이 아니라 모두 처로써 거두어들이는 것이 풍습이다.

그래도 다르발지가 첫째 부인이 될 수는 없었다.

정민이 그러고 싶어도 주변에서 아무도 그렇게 인정하지 않을 것이다. 때문에 고려에서 공식적으로 혼인을 맺는 여자는 따로 있어야 했다.

"시세가 조금 더 변할 때까지 기다려 볼 텐가?"

"어떤 말씀이시온지……."

"혼인 말일세."

정민의 속을 알 리 없는 대령후는 정민이 진정으로 당장의 혼인에는 관심이 없다고 생각한 모양이었다.

"……."

"지금 당장은 형님 폐하께서 주시하고 계시기도 하거니와 연이를 시집보낼 수가 없네. 그러나 그대가 그동안 처를 들이지 않겠다고 약조를 하고 기다려 준다면 내 서두르지 않고 연이를 그대의 배필이 된 셈으로 치고 혼례를 채근하지 않겠네. 그대가 조정에 자리를 잡고 폐하의 의심도 가시게 되었을 때, 그때, 연이와 연을 맺는 것이 어떠한가? 설마 연이가 마음에 차지 않아 싫다고는 하지 않겠지?"

"아닙니다, 합하. 아가씨는 저에게는 과분한 배필입니다. 어찌 감히 부족을 운운하겠사옵니까."

"내 외동딸일세. 앞으로 내가 또 혼인을 하여 다른 자녀들을 보게 될지는 알 수 없으나, 사별한 아내와의 사이에서 남은 자식은 연이가 유일하네. 내 나이 열다섯에 첫 딸로 보아 때로는 여동생처럼, 때로는 딸처럼, 지극으로 돌보아 기른 아이일세. 그런 아이이니만큼 혼사 또한 본인이 원하는 배필과 맺어 주고 싶은 마음이네. 그 아이가 그대를 마음에 두고 있으니 나도 그렇게 해 주고 싶은 마음이네."

"소인은 합하의 뜻대로 따르겠습니다."

"처음에는 그대에 대하여 화가 나고 속이 상했었네. 아시겠는가? 애지중지 키운 딸이 마음의 상처를 입어서 속상해하는 모습을 보았는데, 딸이 그 영문을 말하지 않으니 답답하여 따라온 노비에게 그 내막을 물어 알았을 때 기분을 말일세. 그런데 듣자하니…… 그대도 마음이 영 없는 것은 아닌 모양이더군."

"송구하오나 그리 되었사옵니다."

"그대 입장을 이해 못하는 바는 아닐세. 나라도 고민이 될 노릇이니. 그래서 내 딸의 마음을 다치게 한 것에 대한 앙심은 걷고, 원한다면 둘을 맺어 주겠다 결심했네. 그러나 시기가 좋지 않아 당장에 그리 연을 맺어 줄 수 없으니 기다려 보자는 이야기일세. 약혼을 해 두는 셈이지."

무슨 배짱이 있어서 대령후가 이렇게 양보해 주는데 토를 달겠는가. 여차저차 결국에는 자신의 장인이 될 사람이었다. 고려에 와서 세기 시작한 나이로는 여덟 살 차이고, 원래 현대에서 살았던 시간을 더 한다면 정민의 나이가 오히려 많을 테지만, 어쨌든 신분으로 보아도 대령후는 왕족이면서, 항렬 상으로도 장인이 될 사람이니 정민에게는 어쩐지 그가 나이가 꽤 먹은 어른처럼 느껴졌다.

"들린 김에 연이도 보고 가도록 하시게. 앞으로 바빠지면 보기 힘들어질 것이니 지금 그 마음을 단단히 잡아 두란 말일세."

대령후의 말에 정민은 고개를 조아렸다.

❖ ❖ ❖

“오라버니!”

왕연은 정민이 대령후저에 인사차 찾아왔다는 이야기를 들었을 때부터, 자리에 앉지 못하고 계속 안절부절 하고 있었다.

정민으로부터 답시를 받았을 때에는 그 내용을 읽고 자신의 심경을 묘사한 것임은 알았으나, 그것이 구애에 대한 응낙인지 거절인지 알 수 없어 마음이 혼란했었다.

적심이 정민에게 그 글을 받아 오면서 응낙의 뜻이라고 귀띔했던 것을 전해 듣고 나서 왕연은 매우 마음이 기뻤다. 그녀는 지금까지와는 다른 의미에서 잠을 이루지 못했다. 밤이면 정민과 함께 하는 상상을 하느라 밤이 늦어서야 겨우 눈을 감기 일쑤였다.

그렇게 며칠이 지나서 중추절이 되었을 때, 혹여 오지 않을까 기대를 한 정인이 왔다는 소식에 왕연은 달뜬 마음으로 그가 자신의 얼굴을 보고 가 주기를 고대했던 것이다. 그렇게 중문(中門) 앞에서 그가 나오기만을 기다리고 있는데, 그 얼굴이 보이자 새초롬하게 굴려고 했던 것도 잊고, 그만 자기도 모르게 소리쳐 정민을 부르고 만

것이다.

"아가씨, 그간 평안하셨습니까."

정민의 대답에 왕연은 고개를 세차게 저었다. 뾰로통하게 볼을 부풀리며 왕연은 정민을 쏘아본다.

"이러시기예요?"

"예?"

"다시 예전처럼 불러 주셔도 되잖아요."

"아……."

대령후와 이야기를 나누고 오며 생각이 복잡했던 정민이었다. 왕연의 마음을 헤아리지 못한 것이 조금은 미안했다.

"오라버니. 다시는 아가씨 어쩌고 하면서 거리 두기 없기예요. 알겠죠?"

"그, 그러마."

"아버님과는 무슨 이야기를 나누고 오신 건가요?"

"실은……."

어차피 오늘 중으로 왕연도 듣게 될 이야기였지만, 기왕이면 자신이 전해 주는 것이 좋겠다고 정민은 생각했다.

약혼을 해 두고 장차 때가 되면 혼례를 맺는 것으로

이야기가 되었다고 전하자 왕연의 얼굴이 벌겋게 익었다.

"그, 그러니까, 오라버니와 제가……."

"당장의 일은 아니니 언제고 그사이에 마음이 바뀌거든 파혼을 해도 좋아. 그러나 일단은 그리 약조를 대령후 합하와 해 두었어."

"마음은 안 바뀌어요!"

정민의 말에 왕연이 약이 오른 모양이었다.

정민은 그 모습을 보고서는 저도 모르게 웃음이 얼굴에 떠올랐다.

"그래요, 좀 그렇게 자주 웃어요. 그 모습이 얼마나 보기가 좋은데……."

"그리하도록 하마."

정민은 왕연의 손을 살포시 잡으며 말했다.

왕연은 잠시 머뭇거리는가 싶더니, 정민의 손으로부터 전해져 오는 체온을 느끼며 살짝 몸을 떨었다.

"오래 기다리게 하실 건가요?"

"당장 기약을 할 수는 없어. 그렇지만 폐하의 의심이 풀리시게 된다면 그때는 미룰 필요가 없어질 거야."

"폐하께서 과연 그 심기를 푸실까요……."

"그리 되도록 만들어야지. 다시 개경으로 오게 된 것

도 기적 같은 일 아니었니."

정민의 진중한 목소리에 왕연은 살짝 안심이 되었다.

그녀는 고개를 끄덕이며 정민의 손으로부터 자신의 손을 빼냈다. 심장이 두근거려서 더 붙잡고 있을 수 없었기 때문이다. 그녀는 붉어진 얼굴을 들키지 않으려 살짝 고개를 돌리고서는 입술을 삐죽거렸다.

"보내 주신 답시를 읽고 조금 감동했어요. 처음에는 거절을 하시려는 줄 알았는데……."

"먼저 용기를 내서 내게 표현해 주어 고맙다."

정민은 자기 실력으로 쓴 시가 아니라 예전에 외워 두었던 것이 때마침 어울려 써 준 것이라 차마 말을 할 수는 없었다.

"됐어요. 그러실 것이라면 처음부터 그리 못되게 굴지를 마시지."

"미안했다."

"자주 들러서 얼굴을 비춰 주실 거지요?"

"그럴 수 있도록 할게."

왕연의 얼굴에 화사한 미소가 떠올랐다.

정민은 그 모습에 순간 숨이 막히는 기분이 들었다.

아직 어린데도 이렇게 남자의 마음을 떨리게 할 정도

의 미모라면, 좀 더 나이가 들었을 때는 얼마나 아름다울지 상상이 되지 않았다. 정민은 새삼 왕연을 마음에 받아들이기로 결정한 것이 잘한 일이라고 생각했다.

음력 9월. 가을걷이도 끝나고 슬슬 북쪽으로부터 차가운 바람이 밀려오기 시작할 무렵, 벽란도의 오저군으로부터 연통이 왔다. 하두강과 약속을 잡아 두었다는 것이다. 본래는 개경 성내에서 만날 계획이었으나, 긴밀히 이야기를 나누었으면 한다는 정민의 말을 듣고 하두강이 정민을 자신의 집으로 초대했다.

하두강의 집은 예성강변의 고즈넉한 자리에 자리 잡고 있었다. 벽란도로부터 머잖은 곳이었으나 주변은 한산하여 인적이 드물었다.

예성강은 개경의 서편에 자리한다고 하여 서강(西江)이라는 별칭으로도 불렸는데, 하두강은 그 이름을 따서 자기 집을 서강재(西江齋)라 불렀다. 서강재는 80칸짜리의 큰 저택으로 부리는 종만 하더라도 100명에 가까웠는데, 하두강의 재력이 그만큼 대단함을 보여 주는 것이기도 했다. 이제 나이 쉰을 갓 넘긴 하두강은 장사에는 연을 끊은 지가 몇 년이 되었고, 그동안 치부한 돈으로 풍족한 여유를 즐기며 낚시와 장기로 소일을 하고 있었다.

"참으로 빼어난 말이 아닙니까. 금나라에서 들여온 말이로군요."

정민은 개경으로 데려온 죠보훈을 타고 벽란도로 직접 나섰다. 예성강을 건너 벽란의 시전 골목을 지나 10여 리를 간 곳에 서강재가 있었다. 오저군은 미리 서강재에 도착하여 정민을 기다리고 있었다. 약속한 시간에 정민이 당도하자, 하두강은 오저군과 함께 집 앞에 나와서 정민을 맞이하였다. 그때 하두강은 정민이 타고 온 말을 보고 감탄을 금치 못한 것이다.

"일전에 동여진을 다녀온 적이 있소. 그때 얻은 말이외다."

"놀랍습니다. 이러한 상품의 말이라면 송에서도 매우 높은 값을 받을 수 있을 것입니다."

상인 출신이 아니랄까 봐, 하두강의 말에 대한 품평은 곧 그 값어치에 대한 평가로 이어졌다. 송나라 억양이 묻어나긴 했으나, 하두강의 고려말은 썩 괜찮은 수준이었다. 오랜 세월 송과 고려를 오가며 교역에 종사했던 사람답게 언어적인 장벽은 크게 느껴지지 않았다.

"하 대인. 먼 길을 오느라 나리께서 지치셨을 터이니 어서 안으로 뫼시지요."

하두강이 두서없이 말의 품평이나 하고 있자, 옆에서 오저군이 살짝 눈치를 주었다.

하두강은 그제야 호들갑을 떨면서 정민을 안뜰로 안내했다.

"이거 대인을 앞에 모시고서 말에 혼이 빠져 실례하였습니다."

"괜찮소이다. 그나저나 집을 참으로 정취가 있는 곳에 지으셨소."

"세월이 저 예성강 강물에 쓸려 나가는 것을 보며, 남은 여생을 바람과 벗 삼아 지내고자 지은 집입니다. 참으로 볼수록 절경인 곳입니다."

하두강이 안내한 집 안의 누대(樓臺)에 올라서니 예성강의 풍광이 고스란히 눈에 들어왔다.

물살이 빠른 편인 예성강은 거침없이 흘러 내려가는 기세에 힘이 있었다. 흘러가는 강물에 오랜 세월 침식된 강기슭은 곳곳에 준엄한 바위들을 세워 놓았다. 늦가을지는 낙엽과 함께 사방의 풍광이 참으로 대단했다.

"어서 오십시오, 나리. 간단한 연회상을 준비해 두었사옵니다."

누대에는 비단옷을 참으로 깨끗하게 차려입은 여인 하나가 먼저 기다리고 있었다. 하두강은 껄껄 웃으면서 그녀의 곁에 서서 그녀의 소개를 했다.

"제 처가 되는 유향(柳香)입니다."

"참으로 고우신 부인을 두셨소이다."

하두강을 둘러싼 이야기의 주인공인 바로 그 여자인 모양이었다.

그러고 보니 40이 다 되었을 나이에도 여자는 매우 고운 미모를 간직하고 있었다. 세월이 비껴 나간 것 같은 그녀는 주름도 거의 지지 않았으나, 성숙한 여인의 교태 또한 함께 지니고 있었다. 비단옷으로 감추었으나 그 굴곡진 몸매 또한 빼어난 듯했다. 골반의 윤곽이 비단치마 위에서도 여전히 드러나고 있었다. 묘한 색기를 담은 깊이를 알 수 없는 눈으로 그녀가 정민을 보는 순간, 정민은 하두강이 어째서 그녀를 차지하고자 안달이 났었는지를 알 것 같았다. 물론 중요한 상담(商談)을 앞에 두고 유부녀에게 시선이나 주고 있을 만큼 정신머리가 없는 정민이 아니었다.

"그만 앉도록 합시다."

"처는 이만 물러가 계시게."

정민이 자리에 앉아서 이야기를 시작하자고 운을 띄우자, 하두강은 처를 물리고 맞은편 자리에 앉았다. 오저군도 정민의 곁에 앉고 나자 정민이 입을 열었다.

"장사를 그만두신 지가 꽤 되셨다고 들었소만."

"나이가 차기도 했고, 더불어 이 여자를 얻고자 부렸던 수작 때문에 벽란도에서 제 평판이 그만 바닥을 치고 말았습니다. 처음에 장기를 내기했을 때 유향을 전 남편에게 돌려보냈었는데도 얼마 가지 않아 그자가 지나친 술로 건강을 해쳐 죽는 바람에 이래저래 소문이 안 좋게 났지요. 그래도 장사를 그만둘 생각을 하고 혼자 남을 유향을 거둘 결심을 하였습니다."

"그래도 오늘 이렇게 자리를 만드는 것에 응한 것을 보아하니 아직 미련이 완전히 없지는 않으신 모양이오만?"

"그렇습니다. 평생을 상인 노릇을 하며 송과 고려를 오고 가며 치부를 한 사람입니다. 그 바다의 짠 바람을 잊을 수가 없습니다. 그렇잖아도 누군가 장사를 다시 해 보겠느냐고 불러 주는 사람이 없나 했었습니다. 그 차에 나리께서 한번 보자고 한다고 하시기에 흔쾌히 응낙을 하였지요."

하두강은 듣던 대로 과연 호인(好人)이었다. 정민은 그와 대화를 몇 마디 나누지 않았는데도 기분이 좋아지는 느낌을 받았다. 남의 치정 문제로 왜 거래까지 끊겼을까 했더니, 그만큼 조그만 비열한 행동에도 사람들이 그 사람을 다시 보게 되었을 만큼 하두강의 인품이 좋았던 것이다. 그런 일이 아니었더라면 두고두고 이 하두강의 성격은 큰 자산이 되었을 것이라 생각이 들 정도였다.

"이야기를 더 진척하기 전에 한 가지 확실히 해 둘 것이 있소만."

"말씀하십시오."

"여기 오 행수에게도 이미 들었을지 모르겠으나 나는 단순히 그대에게 돈을 투자하려는 것이 아니라, 내 장사를 위해 일을 해 줄 사람이 필요한 것이오. 그 차이는 잘 알 것이라 믿소."

"흐음, 물론입니다. 저 또한 장사를 그만두면서 고용하던 사람과 바다를 오가는 배를 모두 처분하여 가진 것이 여생을 보낼 돈밖에 없습니다. 준비된 것이 없는데 어찌 돈만 투자해 달라고 하겠습니까. 나리의 아래에서 일을 한다고 생각하고 있었습니다."

하두강의 말에 정민은 적이 안심했다.

정민은 이제부터 적어도 장사에 관해서는 동업을 할 생각이 없었다. 자신을 정점으로 하는 위계적인 구조의 상단을 키워 나갈 생각이었던 것이다.

결정권이 여기저기에 분산되고, 배분이 복잡해지는 방식은 마음에 들지 않았다. 물론 나중에 돈이 필요하여 투자를 받거나 하게 될 수도 있었으나, 동업은 생각에 전혀 없었다. 그리고 사람을 쓸 때도 단기적으로 계약하여 돈을 지급하고 부리는 것이 아니라, 앞으로 10년이고, 그 이후고 꾸준히 일해 줄 사람을 찾고 싶었다.

그런데 송나라로 진출하고자 하는 판에 성공적인 진출을 위한 첫 관건인 하두강이 그러한 조건에도 흔쾌히 응해 준다고 한 것이다. 하두강은 더 이상 재물욕이나 그런 것보다도 그저 장사를 다시 해 보고 싶은 마음이 큰 듯 보였다. 물론 떠나 온 지 몇 년이나 된 송나라 고향땅에 다시 가 보고픈 마음도 있을 것이다.

"내가 부리고 있는 동래 행에 대해서는 자세히 들으시었소?"

정민은 혹시나 하고 확인 차 하두강에게 물어보았다.

"예, 오 행수로부터 자세히 들었습니다. 2년도 되지 않아 큰 상단으로 키워 내신 나리의 재주에 대해서도요. 금나라 동여진과 탐라, 그리고 일본까지 이어서 무역을 하시고 계시다는 소리에 깜짝 놀랐습니다. 전체적으로 보자면 송나라의 거상들에 비해 아직 그 규모가 조야할지 몰라도 그 수완을 보시건대 앞으로 송상들과도 겨루어서 절대 밀리지 않을 것이라 소인은 생각하였습니다."

"과찬이시오."

"그것이 사실에 근거한 것이라면 과찬도 과찬이 아닌 셈이지요."

하두강의 말에 정민은 그만 껄껄 웃지 않을 수 없었다.

약간 얼굴에 살집이 있고 풍채가 후덕하여 전형적인 중국 상인의 모습과 너무 닮아 있는 하두강이었다. 그가 넉살 좋게 굴고 있으니, 그것이 상인으로서의 본능적인 대화술임을 알면서도 정민은 넘어가 주지 않을 수 없었던 것이다.

"이거, 입담이 지나치게 좋으시외다. 하하."

"그간 이 세 치 혀가 아니었더라면 가난한 상인의 아들 출신인 제가 이 정도의 성공을 거머쥐지 못했을 것입니다. 없는 소리를 지어내어 아부하는 것이 아니니 그냥 기쁘게 들으시면 됩니다."

하두강도 껄껄 웃으며 그렇게 말 하고서는, 미리 준비해 둔 옥함에서 지도 한 장을 꺼내 들었다. 주안상의 비어 있는 한 자리에 그것을 깔아 정민이 잘 볼 수 있도록 했다. 정민이 보니 그것은 중국 대륙을 그린 지도였다.

"송과 금, 서하가 한눈에 들어오는 지도구려."

"눈썰미가 좋으십니다. 비싼 돈을 두고 구한 지도입니다. 우적도(禹跡圖)라고 하는 놈입니다. 목판에 새긴 것을 인쇄한 놈인데, 원래는 민간에서 함부로 구해 쓸 수 없는 것을 제가 어렵게 얻어 소중히 가지고 있습니다."

하두강의 말 대로 지도는 대단했다.

지도 전체에 격자가 그려져 있어서 대략의 면적을 쉽게 알 수 있었으며, 강과 해안선 또한 현대의 지도에 가까울 정도로 정교했다.

송나라에서 이 정도의 지도제작술을 가지고 있었던 줄 몰랐던 정민이기에 솔직하게 감탄했다. 산업혁명 이전의 세계에서 가장 고도의 기술력을 달성했다고 하는 송나라의 저력이 새삼 피부로 느껴질 정도였다.

"지도의 동남방 해안을 보십시오. 이곳이 강남(江南)

이라 불리는 지역입니다. 예로부터 토지의 생산력이 높아 중히 여겨진 지방이었는데 금적(金賊, 금나라 도적)에게 패하여 황제와 조정이 이 지방으로 옮겨 간 뒤로는 오히려 더욱 융성하게 되었습니다. 이 해안가를 따라서 명(明), 태(台), 온(溫), 복(福), 천(泉) 등의 여러 주(州)가 있는데, 모두 바다에 면하여 상업이 흥한 고을들입니다. 이 중에 천주가 바로 제 고향입니다."

"상당히 동남쪽에 치우쳐져 있구려."

"민(閩) 땅에 속하는 고을입니다. 다른 곳과 다르게 뒤로는 높고 험한 산이 버티고 있고, 앞으로는 거친 바다라 강인하게 땅을 개간하고, 파도를 헤쳐 배를 몰며 사는 것이 익숙한 사람들입니다. 때문에 먼 바다로 장사하러 가는 것도 두려워하지 않고, 고려와 일본을 제집처럼 드나들곤 했던 것이지요."

현대 중국의 복건성(福建省)에 해당하는 지역이었다.

이 지역의 산이 험준하여 한(漢) 나라 때에도 완전히 복속시키지 못했다는 것이 정민은 기억이 났다. 그 뒤로 현대에 이르기까지 복건 상인들의 이름이 유명하였으니 천주 상인들이 모험심이 있고 재간이 좋다고 해도 허풍처럼 들리지 않았다.

"이 천주에 송나라에서 바다 바깥에서 오는 상인들과 통교하기 위하여 시박사(市舶使)를 설치해 두었습니다. 이곳이 제 고향이니 다른 고을보다는 이곳의 시박사를 통하여 거래를 하신다면 좋은 대우를 받고 쉽게 장사할 길을 열 수 있을 것입니다."

"그거 듣던 중 반가운 소식이오."

"다만, 거래를 뚫는 것만큼 중요한 것이 거래할 품목입니다. 대인께서는 어떠한 것들을 송나라에 가져다 파실 생각이십니까?"

"우선은 종이나 청자, 그리고 은(銀) 따위를 생각하였소만."

"은은 좋습니다. 송나라가 워낙 나라가 크고 오고 가는 돈도 많다 보니 은이 항상 부족합니다. 은을 팔러 가는 상인은 늘 좋은 대우를 받습니다. 다만, 종이나 청자는 그다지 좋은 생각이 아니십니다."

"어째서 그렇소?"

"물론 고려의 종이가 품질이 좋기로 유명하지요. 그러나 그렇다고 해서 바다를 건너가 팔 만큼 송나라 종이에 비해서 품질이 좋은 것은 아닙니다. 그리고 지금도 종이를 팔고자 하는 상인들은 많지요. 그리고 청자도 워낙 고려의 비색 도는 자기가 유명하여 그간 송으로 많이 흘러 들어갔습니다. 팔려면 팔 수 있으나, 이것 또한 이미 기존의 상인들이 꽉 쥐고 있지요."

"그렇다면 무엇을 파는 것이 좋겠소?"

"제가 추천해 드릴 수 있는 것은 세 가지입니다. 두 가지는 나리만이 하실 수 있는 품목이고, 나머지 하나는 조금 노력이 필요합니다. 첫째는 여진말입니다. 지금 송나라는 꾸준히 금나라와 교전하여 다투고 있습니다. 좋은 말은 늘 부족하고, 북방의 준마는 금나라에서 적국인 송으로 팔지 않으니, 좋은 말이 귀합니다. 그런데 대인께서는 여진말을 고려에 들여오셨다지요? 금나라에 들어가 계속 말을 사들여도 좋고, 가져온 말로 새끼를 치셔도 좋습니다. 그 품종이 좋으니 송에 가져가면 환영을 받을 것입니다."

"흐음……."

금과 송이 서로 다투고 있는 것을 이용하여, 제3국 상인의 입장에서 이득을 취하라는 조언이었다.

정민이 관심을 보이는 것을 알고서 하두강은 바로 기세를 올려 말을 이어 나갔다.

"둘째로, 일본의 목재입니다. 이미 어떤 송나라 상인

들이 그것을 노리고 있을 것입니다. 송나라 해안에는 지금 나무가 매우 귀합니다. 연료로 베어 쓰고, 건물과 배를 짓는 데에 베어 쓰고 나니, 산에는 실한 나무가 남아나지를 않습니다. 고려도 비슷하지요. 개경의 주변 일대가 벌목이 금지된 곳을 제외하고는 민둥산이 한둘이 아닙니다. 그러나 일본은 아직 목재가 충분하지요. 그 가운데에 상품의 목재를 실어다가 강남에 팔 수 있다면 이것 또한 큰 이문을 남길 수 있을 것입니다. 좋은 집을 짓고 튼튼한 배를 만들려면 훌륭한 목재가 필요한 법이지요."

"그것을 하려면 큰 배가 필요하겠구려."

"그렇습니다. 그러나 그 정도의 투자는 큰 장사를 위해서라면 아까워하시면 아니 되지요."

"좋소. 그럼 내가 하기 어려울 수도 있다는 마지막은 무엇이오?"

"인삼입니다."

하두강의 말에 정민의 눈이 확 뜨였다. 벌써 고려의 인삼이 송나라에 소문이 난 줄은 몰랐다.

"인삼은 원래 사람의 모습을 닮아 고대로부터 귀한 약재였는데, 중국에서는 산야의 인삼을 모두 캐어 먹어서 구하는 것이 더 어려워졌습니다. 그런데 고려 인삼은 그

뿌리가 더욱 실한데다가 약효도 발군이오, 더불어 송나라에서는 구하기가 어려운 것이니 얼마나 귀하겠습니까."

"그런데 인삼은 모두 산으로 다니며 직접 캐어야 해서 충분한 물량을 확보하기가 쉽지 않습니다."

하두강의 말을 옆에서 잠자코 듣고 있던 오저군이 되물었다. 정민도 궁금했던 것이라 하두강의 대답이 나오기를 기다렸다.

"그래서 어렵다고 말씀 드린 것입니다."

잠시 좌중에 침묵이 감돌았다. 인삼을 충분히 구할 수만 있다면 비싼 값에 송에 팔 수 있다. 그러나 귀하다는 것은 바로 구하기가 어렵다는 것을 의미한다.

인삼이 딱 그랬다. 아무리 비싸다고 하나 물량을 구하기가 그리 어렵다면 장사 품목으로 애매한 면이 없지 않았다.

"재배를 한다면 어떻겠소?"

정민이 잠시 고민을 하더니 입을 열었다. 그의 말에 하두강과 오저군의 눈이 동시에 동그랗게 떠졌다.

"인삼은 사람의 손으로 기를 수 있는 것이 아닙니다."

하두강이 고개를 저으며 말했다.

그러나 정민은 생각이 달랐다. 자신이 인삼을 재배할 기술을 가지고 있지는 않았다.

그러나 역사적으로 나중에는 결국 인삼을 사람 손으로 재배하는 데에 성공하였으며, 홍삼(紅蔘) 따위로 쪄서 높은 값에 팔았던 것도 알고 있다. 불가능한 일이 아니라면 다소 시간이 걸리더라도 이래저래 시도해 볼 가치가 있었다. 방법을 알지 못하니 실패할 가능성이 있기는 했지만 말이다.

"인삼도 넓게 보면 작물이라 할 수 있소. 사람의 공이 많이 들어간다면 길러 내지 못할 것은 또 무에 있겠소? 한번 해 봄직 하지 않소이까?"

"그래도 일이 년에 될 일이 아닙니다. 십 년이나 그 이상이 걸릴 수도 있습니다."

"천천히 보도록 합시다. 되기만 한다면 그깟 십 년을 기다리지 못하겠소? 일단은 우리가 심어 볼 종자를 구할 겸 인삼을 조금씩 매수하도록 하여, 일부는 팔고 일부는 우리에게 남겨 둡시다. 그리고 일단은 아까 말이 나온 대로 말과 목재를 파는 것이 어떻겠소? 나는 송나라에 하루 이틀 장사하여 조그만 이문을 남기려 하는 것이 아니오. 큰 그림을 그리고 천천히 나아가 봅시다."

정민의 말이 끝나자, 하두강이 정민에게 읍을 하면서 감정의 동요를 보였다.

"제가 대인께서 나이가 어리고 장사치가 아니라 귀한 집의 도령이라 하셔서 내심 얕보았습니다. 그러나 오늘 보니 조급함이 없으며 완급이 뚜렷하고, 큰 길을 가기 위해 참으실 수 있는 분이심을 알았습니다. 이 하두강이 대인의 곁에서 성심껏 봉사하도록 하겠습니다. 오늘 참으로 귀인을 만났으니 늙은 마음에 다시 젊은 시절의 불길이 붙는 느낌입니다."

상인은 사람을 알아보는 재주가 있었다.

하두강은 정민을 처음 보았을 때, 그 빼어난 외모에 놀랐지만, 재주가 좋아 돈을 일찍 크게 벌었을지는 모르나 서두르다 크게 될 사람은 아니라고 보았다. 더군다나 좋은 집안에서 귀하게 자랐을 것이라 괜히 속단하고 상인으로서의 재능은 깎아서 보았던 것이다.

그러나 돈이 있고, 송나라로 장사할 생각이 있다면, 자신이 들어가서 일하는 것은 별 상관없다고 생각을 했다. 속된 말로 큰 기대를 하지는 않았던 것이다.

그러나 정민과 대화를 조금 나누어 보고서 하두강은 자기 생각이 틀렸음을 인정했다. 정민은 크게 될 인물이었다. 그런 자의 곁에서 머무를 수 있다면 하두강은 나이를 잊고 젊은 시절의 패기를 가지고 다시 살아갈 수 있을 것 같았다.

"그럼, 이제 그대도 내 동래 행의 대행수요. 앞으로 송상 하두강이 아니라, 이정민의 사람 하두강으로서 장사를 해 주실 수 있겠소?"

"물론입니다, 대인."

"좋소, 대행수. 그리고 오 행수. 내 앞으로 적어도 일 년간은 개경에 묶여 다른 곳으로 떠나지 못하고, 어쩌면 조정에 출사하게 될지도 모르겠소. 그러니 한동안은 두 행수가 나를 대신하여 송나라로 출선할 준비를 마쳐 주어야 하실 것이오. 그리고 앞으로도 그 장사는 두 행수가 크게 힘을 써 주어야 할 것이오. 아시겠소?"

정민의 말에 두 행수는 읍을 하여 대답했다.

그 뒤에 셋은 차려 둔 주안상의 음식과 술을 들며 한참을 이야기를 나누었다. 예송강의 늦가을 강바람을 즐기며 그렇게 큰 무대로 나아갈 것을 기약했던 것이다.

제17장

각촉부시(刻燭賦詩)

고려에서 문반의 벼슬하기 위해서는 크게 두 가지 방법이 있었다.

하나는 과거요, 다른 하나는 음서이다. 과거가 음서에 비해 보다 등용의 문이 넓다고는 하나, 과거조차도 집안이 뒷받침 되지 아니하면 준비하기가 어려웠다. 일반 백정(白丁, 고려시대에는 천민이 아닌 일반 백성을 지칭하는 말이었음)들은 제아무리 머리고 뛰어나더라도 과거를 준비하기 위한 공부를 지원하기가 어려웠다. 배움의 기회는 적고, 기회는 제한되어 있으니, 오로지 그것을 감당할 수 있는 집안의 자제들만이 과거에 응시라도 해 보는 것이다.

사실 권문세족의 자손에게는 과거조차도 번거로운 요식 행위였다.

고려뿐만 아니라 당송(唐宋)에는 이미 음보제(蔭補制)가 있었으며, 신라에는 골품제가 있었다. 고려 또한 지배층의 힘을 단단히 누수 없이 지키기 위한 장치로 음보가 활용되었다. 이 음보제를 통한 관리등용은 음서라고도 했는데, 오로지 종실 및 공신의 자손이나 오품 이상의 관직, 곧 대부의 품계를 받았던 자의 친인척에게만 허락된 것이었다. 그나마도 오로지 한 명만이 가능하여, 대부분 그 장남에게 혜택이 주어졌다. 이를 통해 대를 이어 몇몇 명문가문이 관직을 독점할 수 있는 기반이 마련되었던 것이다.

정서 또한 실은 음서로 관직에 나아갔었다.

그 조부는 원래 동래의 호장으로 과거를 쳐서 관직에 어렵사리 들어섰으나, 그 이후로 대를 이어 벼슬이 높아짐에 따라 정서가 그 혜택을 보았던 것이다. 정서도 벼슬이 사품에 이르렀으니, 그 아들인 정민으로 하여금 음서의 혜택을 줄 수 있었다.

"내가 본래 너로 하여금 과거를 보게라도 하려 하였으

나, 이제 내 품계가 다시 사품에 이르렀으니 음보를 통해 네가 관직에 나아갈 수 있게 되었다. 굳이 과거를 보려는 이유가 무엇이냐?"

정서는 당초에 대부의 품계에 다시 오르게 되었으니 정민을 간단히 음서를 통하여 관료로 만들려고 했다. 그러나 정민은 애써 그것을 고사하고 과거를 보겠다고 고집을 하고 있었다.

"실력이 없이 조상의 음덕을 누린다는 시선을 받고 싶지 않습니다."

"그렇다고 해도 네가 과거를 치를 준비라도 되어 있단 말이냐?"

"명경과를 볼 것이 아니라 제술과를 볼 것이니 해 볼 만 합니다."

과거에는 두 종류가 있었다. 하나는 명경과(明經科)라고 불리는 유교 경전의 통달함을 보는 시험이오, 다른 하나는 제술과(製述科)라 하여 글 짓는 실력을 보는 시험이었다. 둘을 통틀어서 양대과(兩大科)라고 불렀다.

둘 모두 원칙적으로는 모든 양민에게 개방된 것이 아니라, 향리, 즉 지방호족 계층을 그 하한으로 삼았다. 향리 가운데에서 부호장(副戶長)의 손자나 부호정(副戶正)

의 아들까지만이 과거에 응시할 수 있었던 것이다. 다만 명경과의 경우 나중에 다소 그 폭을 늘려 일반 백성들까지도 원칙적으로는 시험을 볼 수 있게 해 주었다.

그러나 명경과로 등용되기란 하늘의 별따기로, 과거시험이라 하면 대부분이 제술과를 말하는 것이었다.

"그렇다고는 하나, 누가 음서의 덕을 보았다고 해서 입을 댄단 말이냐? 조정 신료 가운데 음서로 관직에 나아가지 않은 자가 몇이나 된단 말이냐?"

"하나 음보를 입을 수 있음에도 과거를 보아 실력을 내보였다면 세간의 평이 달라질 것입니다. 제가 원하는 바는 다름이 아니라 바로 그것입니다."

"그러나……."

"지금 지공거(知貢擧)가 김돈중 어른이시지요?"

"그렇다."

"그럼 되었습니다. 제가 과거를 볼 것이라 미리 언질만 넣어 주십시오."

정민의 말에 정서는 멋쩍게 웃었다. 어차피 요령을 피워 과거에 붙을 것을 괜히 음서로 관직에 들어서지 않겠다고 아들이 말하는 것이다.

그러나 그 근거로 대는 것이 세간의 평을 좋게 함이라

고 하니, 허튼소리라고 치부할 수는 없는 것이다.

어떤 형태로든 자기 능력을 보이지 않고 지위를 세습하며 권세를 부리는 자들에게는 알게 모르게 좋지 않은 딱지가 붙는 법이다. 그것이 세력이 있을 때는 신경 쓸 필요도 없는 것이나, 인망을 얻고 이름을 남기고자 한다면 득이 된다고 할 수는 없으니까.

음서로 기껏 관직에 나아가도 가문의 힘이 떨어져 있는 상황이라면 품계가 잘 오르지 않고 아래 벼슬에서 적체가 될 수도 있다. 문극겸이 그런 경우로 굳이 과거를 다시 봐서 간관(諫官)의 자리까지 올랐던 것이다.

"내가 일전에 김돈중에게 도움을 한 번 얻어 벼슬에 다시 나아가게 되었고, 그다음에는 그를 위기에서 꾀로 구해 주어 그 빚을 사실상 갚은 셈이 되었다. 그런데 이제 네가 과거에 붙기를 도와달라고 한다면 다시 김돈중에게 빚을 지게 되는 것이 아니냐?"

"음서로 관직에 나아갈 수 있는 것을, 그렇잖아도 제 멋대로인 과거시험을 통해 내어 보내 준다고 해서 그것이 은혜가 됩니까?"

"그야 생각하기 나름이지."

정서가 걱정하는 것은, 이제 팽팽해진 김돈중과의 관

계를 다시 그쪽이 빚을 지운 형국으로 만들게 되는 것이었다.

어찌 되었든 부탁은 부탁이었다. 그것도 관직이 걸려 있으니 조그만 부탁이 아니다. 다만 정민의 말도 일리가 있는 게 어차피 음서로 내어 보낼 자식이니 과거에서 편의를 보아 준다고 해서 큰 은혜가 된다고 할 수도 없는 것이다.

정서는 잠시 고민을 하더니 정민에게 말했다.

"김돈중에게 부탁할 수 있으나, 결국에 그 답안이 누군가에게는 보여질 것이니 너무 실력이 없어서도 아니 된다. 내가 전에 네 글 짓는 솜씨를 보건대 나쁘지는 않으나 아직 한문을 다루는 것이 서툴다. 그 부분을 좀 보완해서 나아가겠다면 내 허락하마. 그리고 혹여 이번에 일이 잘 안 된다면, 음덕을 입어서라도 관직에 출사하여야 할 것이야."

"알겠습니다, 아버님."

정민은 정서의 요구를 받아들였다.

그 정도 노력도 없이 날로 먹을 생각은 아니었다. 어차피 이 시대에 있어서 지배계층의 주요한 능력 가운데 하나가 글을 다루는 능력이므로, 이 소양을 좀 더 키워야 할 필요는 있었다.

"내가 좋은 선생을 찾아 너에게 붙여 주도록 하마. 과거가 있기까지 불철주야로 공부해야 할 것이야. 어차피 네 실력을 좀 더 늘릴 필요가 있으니 이번이 좋은 핑계가 되기는 하겠다."

정서도 이제 정민이 과거 보는 것을 지원해 주기로 마음을 정했다.

아직까지 실망시킨 일이 없는 아들이었다. 비록 양자였으나, 슬하에 아들이 없었던 정서는 정민이 하는 모든 것이 그저 팔불출처럼 좋게만 보였다. 뒤늦게 본 자식인 셈 치고 정서는 정민을 이제 제 핏줄 이상으로 아끼고 있던 것이다.

물론 그 밑에는 그래도 같은 가문의 핏줄을 이어받은 아이라는 믿음이 있었기 때문에 가능한 일이기는 했다. 하나 진실은 오로지 정민과 도신만이 아는 것이니, 정서가 앞으로 이 일로 인하여 배신감을 느끼게 될 일은 없을 것이었다.

"호부시랑의 아들이 이번에 등과(登科)를 원한다는 말이지?"

예부상서 김돈중은 정서가 보낸 사람을 만난 뒤에 혼잣말로 중얼거렸다. 일전에 자신이 지공거에 임명된 뒤로 아직 과거를 치루지 않았다. 보통 한 번의 시험이 치러지고 나면 과거시험의 책임자인 지공거를 유임시키지 않으므로, 자신이 힘이 있을 때 정민이 시험을 보게 되는 것도 시기가 절묘한 노릇이다.

"흐음……."

김돈중은 가급적이면 이번에 정민을 과거에 급제시켜 그것을 정서, 정민 부자에게 빚으로 만들고 싶었다. 그러나 생각을 해 보니 그것이 그다지 용이해 보이지 않았다.

'애초에 음서로 나아갈 수 있는 자가 어째서 굳이 과거를 보겠다고 하는 것이지? 이래서야 도와주고 나서도 생색이 나지 않지를 않나.'

김돈중은 턱수염을 쓸어 넘기며 고민을 거듭했다. 재작년에 있었던 마지막 과거에서는 추밀원사(樞密院使) 이양승(李陽升)이 지공거였으며, 동지공거로는 우승선(右承宣) 이공승(李公升)이 보임되어 김정명(金正明) 등의 스물일곱 명을 뽑았었다. 대부분의 과거가 그랬지만 명경과는 보지 않고 제술과만 치른 시험이었다. 이 과거에서 문극겸도 급제를 하여 하급관료 생활을 전전하던 것을 청산하고 간관의 자리로 오를 수 있었다.

고관대작의 자제들 가운데에서도 음서의 혜택을 볼 수 있는 자가 핏줄 가운데에 하나로 제한되어 있다 보니, 나머지 자제들을 거두어 줄 방법이 필요했다.

대가제(代價制)라고 하여 높은 집안의 자제들이 벼슬을 하지 못할 경우 품계만 주고 녹봉을 지급하는 제도가 있기는 했으나, 이것은 권력을 쥐고 있는 실직(實職, 진짜 벼슬 지위)에 나아가지 못한다는 치명적인 단점이 있었다. 그러니 음서를 받지 못한 자제들은 앞다투어 과거에 목을 맬 수밖에 없었다.

그러다 보니 한 번 과거 책임자인 지공거를 맡게 되면 뇌물이 창고에 넣을 수 없어 마당에 싸일 정도가 된다는 것이 과언이 아니었다. 물론 보조책임자인 동지공거와도 협의를 해야 했으나, 과거시험의 문제를 내고 급제자를 결정하는 것은 사실상 지공거의 손에 놓여 있는 일이었다.

'작년 2월에 과거를 치르고 난 뒤에 올해에 시험을 치르지 않았으니, 내년에는 한 번 과거를 치를 때가 되기는 하였다. 폐하께 상주를 올리면 그리하라고 윤허를 내리실 것이다. 그러고 보니 동지공거가……. 이번에는 중서시랑(中書侍郎) 최윤의(崔允儀)였지.'

그러고 보니 아직 동지공거를 만나서 과거를 언제 치르겠다고 협의한 바도 없었다.

'최윤의는 답답한 자인데…….'

최윤의는 고려의 명문 벌열(閥閱) 가운데 하나인 해주(海州) 최 씨 집안 출신이었다. 그의 고조부가 성종 때의 이름난 명신(名臣)인 최충(崔冲)이었으나, 가문의 음덕을 보지 않고 과거에 급제하여 벼슬에 출사한 재능 있는 사람이었다.

올해 나이가 쉰아홉으로 예전에 비해 기력이 많이 쇠하였으나, 이제껏 요직을 두루 거치면서도 트집을 잡힌 일이 없고, 모든 일처리가 명명백백하고 공명정대하여 두루 신망을 사는 사람이었다.

관리의 선발에 있어서도 일체의 수뢰를 거절하고 공평한 고과평정으로 사람을 뽑았다. 이미 지공거를 한 번 역임하여 그 정대함을 입증해 보인 사람이었다. 여러 해 전에 최윤의가 지공거를 맡아 과거를 치렀을 때, 동지공거가 간신 김존중이었었다.

김존중은 온갖 협박과 회유로 최윤의를 을러 자기 사람들을 과거에 붙이려 하였으나 최윤의는 이에 콧방귀도 뀌지 않았다. 최윤의는 비교적 한미한 집안 출신이나 능력이 뛰어난 젊은 인재 황보탁(皇甫倬)을 장원으로 뽑은 것을 비롯하여, 실력이 입증된 자들만을 뽑아 올렸다.

김존중은 이후 최윤의에게 앙심을 품고 온갖 모함으로 그를 몰아내려 하였으나 주변을 아무리 뒤져도 먼지 하나 나오지 않아 결국에는 실패하고 말았던 것이다.

'그때는 김존중에게 최윤의가 한 방 먹였다고 좋아하였으나, 이제는 그 꼬장꼬장한 노인네가 내가 사람을 가려 뽑으려는 것을 막고 나설 터이니, 이거 답답하게 되었네.'

물론 방법이 하나 있기는 했다.

어차피 빚을 지우지도 못할 은혜를 베푸는 것인데, 지나치게 자기의 입지를 위험하게 해가면서까지 인망이 있는 최윤의와 대립할 이유가 없었다. 뽑아 주는 것은 장담할 수 없으나 문제를 알려 줄 터이니 알아서 준비하라고 하면 될 일이다. 아무리 최윤의라 하더라도 문제가 유출된 것까지는 알 수 없을 터이다. 그리고 마지막 결정은 최윤의의 손으로 하게 하는 것이다.

'깔끔하다. 나는 괜한 부담을 지지 않아도 좋고, 정씨 집안에도 생색을 낼 수 있으니 이 정도면 좋다.'

김돈중은 생각을 정리하고 껄껄 웃으면서 서찰을 써다가 정서의 집으로 보내었다.

그리고 나서 궐로 등청하여 임금을 배알하기를 청하였다. 과거 시험을 열 것을 윤허 받고자 함이었던 것이다.

최윤의의 고조부가 되는 최충이 유학을 가르치기 위한 사숙(私塾, 사립 서당)을 세운 뒤에 그의 문헌공도(文憲公徒)를 뒤따라 12개의 이름난 학당인 소위 12공도(公徒)가 개경에 들어섰었다.

문헌공도와 더불어 홍문공도(弘門公徒), 광헌공도(匡憲公徒), 남산도(南山徒), 서원도(西園徒), 문충공도(文忠公徒), 양신공도(良愼公徒), 정경공도(貞敬公徒), 충평공도(忠平公徒), 정헌공도(貞憲公徒), 서시랑도(徐侍郎徒), 귀산도(龜山徒)의 열두 학당이 유학 경전을 강의하고 글 짓는 법을 가르치며 과거를 준비시키거나 했던 것이다.

본래는 총명한 학도들이 국가에서 만든 교육기관인 국자감(國子監)에 들어가 교육을 받아야 하였으나, 이 사립학당들이 번창하기 시작하면서 국자감의 위상은 자꾸만 떨어져 갔다. 그도 당연한 것이, 대부분의 사람들이 공부를 하는 목적은 과거에 붙어 벼슬에 나아가고자 함인데, 국자감에서 배우는 것에 비해, 이 12공도에서 학문, 더 정확히는 과거에 붙는 법을 배우는 게 더 효율적이고 효과가 좋았던 것이다.

이들 학당들은 과거에 붙은 자를 비싼 값을 치르고 선생으로 모셔 와 여름철에 하과(夏課)라는 특별 강의를 열거나, 각촉부시(刻燭賦詩)라는 과거시험의 모의고사를 치루기도 했다.

각촉부시라는 것은 말 그대로 초에다가 눈금을 새기고, 여기까지 초가 타는 동안 부(賦)나 시(詩)를 빠른 시간에 짓는 것을 일컫는 것이다. 이러한 식으로 명문대가의 자제들이 비싼 돈을 들여 공부를 마치고 과거에 붙어 나가니 이러한 학당들의 명성이 더욱 자자해지는 것도 당연했다.

정민이 정서의 양자가 아니라서 어릴 때부터 개경에서 자라났다면, 아마 이 공도 가운데 하나를 다녔을지도 모른다. 그러나 정민은 다 장성한 뒤에 정서의 양자가 되었고, 그나마도 그때는 정서가 벼슬길에서 밀려나 낙향해 있던 때라 이러한 교습 기관에 들어가기가 난망했다.

그런데 이제 막상 개경에 올라오고 보니, 곧 과거를 보아 벼슬에 나아가야 하는 입장에서 시간이 많이 걸리는 이런 학당의 교육을 받을 여유가 없었다.

"관직에 몇 년이 걸리더라도 천천히 나아갈 요량이면 이런 학숙에 들어가 공부를 하는 것도 괜찮을 일이나, 알다시피 네게 주어진 시간이 많지 않으니 내 일전의 과거 장원을 섭외하여 네 선생으로 붙이려고 한다."

정서는 김돈중의 서찰을 받아 보고 나서 고심을 거듭했다.

어차피 과거를 핑계 삼아서 정민의 글 짓는 실력을 키우려고 생각은 하고 있었으나, 최윤의가 동지공거라 합격을 장담해 주지는 못하겠다는 이야기까지 듣고 보니 준비를 단단히 시켜야겠다고 마음을 먹은 것이다.

과거의 일정이 잡히면 문제를 출제할 때 그것을 미리 김돈중이 알려 주겠다고는 하였으니 붙을 확률은 매우 높았으나 장담을 할 수는 없는 법. 처음에는 최윤의가 지공거일 때 과거에 장원급제한 황보탁을 정민을 위한 스승으로 데려오려 하였으나, 그는 이미 관직에 출사하여 조정에 매인 몸이라며 이를 고사했다.

그래서 차안으로 선택한 것이 직전의 과거 시험에 장원을 한 김정명(金正明)이었다. 그는 할아버지가 시골의 호장을 역임한 것이 마지막인 매우 한미한 집안 출신으로, 그가 붙은 과거의 합격자들 가운데 가장 신분이 미천한 자였다. 그래서 우수한 성적으로 과거에 붙고 나서도 아직 관직에 빈자리가 없다는 이유로 입에 풀칠 할 만큼의 과전(科田, 관원에게 나누어주는 토지)만 받은 채로 사실상의 대기발령 상태에 있었다.

"글공부를 도와주면 그에 따른 희사를 주시는 것뿐만 아니라, 과거에 붙을 경우에는 저 또한 관직을 받을 수 있도록 힘을 써 주시겠다는 것이옵니까?"

개경 성 밖 서교(西郊)의 누추한 집에서 그저 관직이 주어지기만을 기다리고 있다는 김정명을 정서가 불러들이자, 김정명은 기회를 놓치지 않겠다는 비장한 각오를 가지고 찾아왔다.

그는 애초에 일을 거절할 생각이 없었다. 듣기에 이 일은 가능성이 매우 높은 것이었다. 정민의 아들이 머리가 총명하고 재주가 좋다는 사실은 이미 알음알음 소문이 난 상황이었다.

둔재도 아니고 수재를 데려다가 글 솜씨를 보아 주는 일이니 그리 어렵지 않으리라 생각한 것이다. 그래서 과거에 붙기만 하면 김정명으로서도 그 대가로 조정의 대관인 정서의 비호를 받을 수 있으니 이래저래 남는 장사가 아닐 수 없었다.

"물론이네. 나는 아들이 그저 음서로 관직에 나아가기를 바랐으나, 과거를 보아야겠다고 고집을 피우니 선생을 구하는 것일세. 기왕의 일이니 과거를 붙는 것도 중요하나, 이참에 글 솜씨를 좀 다듬을 수 있도록 만들어야겠네. 아시겠는가? 이것을 잘 봐 주어야 할 것이야."

"알겠습니다. 제게 주어진 시간이 얼마 정도입니까?"

"예부상서가 이번 시험의 지공거로, 며칠 전 폐하를 배알하고 명년(明年, 내년) 3월에 과거를 열겠다고 하여 칙허(勅許)를 받았네. 조금 있으면 사방에 과거 시험이 열린다는 것이 공고가 될 것일세. 곧 10월이니 대략 반년이 조금 안 되게 시간이 남았구먼."

"실례이옵니다만, 아드님의 글 솜씨가 어느 정도가 되는지요?"

"나쁘지는 않네. 글자는 거의 대부분 읽고 쓰는 것 같고, 유교 전적도 교육을 받았네. 다만 시를 짓는 것이 그 내용은 좋고, 하품(下品)은 아니나, 좋게 말해도 상품(上品)은 아닐세. 좋은 선생으로부터 일찍 교육을 받지 못해서 그런 것이라 생각하네. 특히 운각(韻脚)을 맞추는 것이 서툴러서 문제일세. 이러한 부분을 좀 잘 봐 주시게나."

"당송(唐宋)의 명시와 옛 선인들의 시부를 외우고 베껴 먼저 익숙해져야 합니다. 그러면서 운각을 짜는 법을 배우고, 3개월 전부터는 각촉부시로 시 짓는 훈련을 반복한다면 좋은 결과가 있을 것입니다."

"그리 돌보아 주면 고맙겠네."

"하온데 개경시(開京試)와 국자감시(國子監試)는 통과하였는지요? 동당시(東堂試, 본시험) 이전에 자격을 갖추어야 하지 않습니까?"

"해가 바뀌자마자 국자감시가 있을 것이고, 여기에는 내 아들이 향리외직(鄕吏外職)이긴 하나, 호장으로 수백여 일을 관직에 있었기에 개경시나 향공시(鄕貢試)를 거치지 않고도 시험을 볼 수 있네. 더군다나 음서를 받을 자격이 있는 아이이니 관례대로 국자감시에서는 통과를 시켜 줄 걸세."

"그러면 걱정이 없을 일입니다."

김정명이 허리를 숙이며 몸을 굽혀 절을 하였다. 앞으로 잘 부탁드린다는 의미였다.

비록 젊은 문사(文士)이나 아들을 위한 스승을 모신 셈이니 정서도 살짝 고개를 숙여 예를 차렸다.

김정명은 바로 이튿날부터 개경의 정가(鄭家)를 찾아와 아침부터 밤이 늦게까지 정민을 가르치기 시작했다.

현대에서도 서울대까지 들어가서 우수한 학점을 거두었던 정민이었다. 더군다나 이미 고려에 와서도 기초적인 수준의 것들은 도신으로부터 차고 넘치게 몇 년간 배웠으니 공부를 쫓아가는 것이 어렵지 않았다.

다만 스승이라는 김정명이 정민에게 쩔쩔매고 있어서 상황이 조금 재미있게 되었다.

처음에는 스승 노릇을 제대로 하려고 단단히 벼르고 들어왔던 김정명이었으나, 그의 생각은 예를 갖추고 앉아서 기다리고 있는 정민을 보는 순간 까맣게 달아나고 말았다.

소문에 듣던 것 보다 대단한 장부였다. 키가 자신 보다 머리 하나 반은 커 보이는데다가, 체격이 우직하고 얼굴이 매우 빼어났다. 자기보다 네 살 어리다고 들었으나, 나이 따위는 까맣게 잊을 지경이었다.

'바, 반악(潘岳)이다……!'

정민을 보는 순간 김정명은 반악의 이름을 떠올렸다.

반악은 옛 서진(西晉)의 형양(滎陽) 사람으로 어릴 때부터 재주가 뛰어나 신동이라 불렸는데, 그 외모 또한 고금에 비길 데가 없는 미남이라 기동(奇童)이라고도 불렸다. 일찍이 천거되어 관직을 두루 거치며 정무에도 힘을 써서 평판이 좋았다.

그에 관하여 간신에게 아첨을 해서 권세를 누렸다고 했다든가 하는 안 좋은 고사도 전하기는 하나 무엇보다도 시 짓는 능력과 그 절세의 외모로 기억되었으니 한 시대를 족히 풍미하고 간 인물이라 하겠다.

"정민입니다. 어서 드시지요."

"어, 어…… 김, 김정명입니다."

보자마자 스승이란 핑계로 위계를 확실히 하고 말을 놓아 버릴 생각이었다. 그러나 김정명의 입에서 나온 것은 존대였다. 정민이 알게 모르게 주는 위압감에 눌려 버린 것이다. 정민이 일부러 자신을 압박하는 것이 아니라 그저 그 사람이 가진 위광(威光)임을 김정명은 알았다. 그러나 도저히 가볍게 대할 수가 없었다.

“그…… 미력하나마 제가 귀공의 스승을 맡게 되었습니다. 먼저 시작하기 전에 이 시를 한 번 읽어 보시겠습니까?”

그래도 제자는 제자.

지기 싫었던 김정명은 정민을 시험한다는 명목으로 반악의 이름이 떠오른 김에 그의 유명한 시를 줄줄 써 내려서 정민에게 보여 주었다. 임의의 아무 시를 던져 주고 그것이 누구의 것인지, 어떠한 기교를 썼는지, 그에 얽힌 고사는 무엇인지 잘 알고 있는지 지식의 깊이를 시험하는 것이다.

望廬思其人 (초막을 바라보며 그대를 생각하고,)
入室想所歷 (방 안에 들어서서 함께한 날들을 떠올린다.)
帷屛無彷彿 (휘장에도 병풍에도 비슷한 모습조차 없는데,)
翰墨有餘迹 (그대가 남긴 글 위에는 그 모습 남아 있어라.)

그렇게 시를 써 주고서는 김정명은 정민을 물끄러미

보았다. 정민은 김정명이 건넨 시를 한 번 쓱 살펴보고서는 입을 열었다.

"반악의 도망시(悼亡詩)로군요. 도망이라 함은 곧 망인을 추모한다는 의미이고, 이 시는 반악이 아내를 잃고 지은 시 가운데 한 구절 아닙니까?"

정민은 그리고 나서 그 시의 바로 옆에다가 그 다음 구절을 쓰기 시작했다.

流芳未及歇 (묵의 향기 아직 그치지 않았는데,)

遺掛猶在壁 (여전히 남겨져 벽에 걸려 있으니,)

悵恍如或存 (슬퍼하며 멍하니 그대가 혹 거기 있나 하여,)

周遑忡驚惕 (매우 당황하여 놀라 허둥대네.)

정민이 다음 네 구(句)를 쓴 것을 보고 김정명은 적잖이 당황했다. 공부를 하였다고는 들었으나 이렇게 재기 좋게 금방 대처할 줄은 몰랐던 것이다.

"마, 맞습니다. 매우 잘하셨습니다."

그래도 선생의 체면은 세워야 한다.

김정명은 당황한 마음을 다잡고서 살짝 떨리는 목소리를 가라앉히고 정민의 앞에서 등을 꼿꼿이 세웠다.

"시를 얼마나 가까이 하시는지는 이제 알았으니, 다음은 부(賦)를 한 번 보도록 하지요……."

김정명은 그 뒤로 제술과의 나머지 시험 과목들인 부(賦), 송(頌), 책(策), 론(論) 따위를 하나씩 얼마나 정민이 이해하고 있는지 살펴보았다.

그러나 무슨 문제를 내어도 대부분의 경우 정민은 머뭇거림 없이 척척 대답을 내어 놓았다. 가르치겠다고 와서는 괜히 주눅이 드는 김정명이었다.

물론 그만큼 도신이 정민에게 매우 밀도 있는 훌륭한 교육을 했던 것이다. 정민도 김정명의 물음에 대답하면서 새삼 도신에게 배운 것이 이 정도로 값이 있는 줄을 깨달았다. 그러나 그런 내색 없이 정민은 차분한 표정으로 김정명의 질문들에 대답을 했다.

"휴, 머리에 든 것은 충분합니다만, 역시 글을 짓는 것이 문제로군요."

정민의 기세에 밀리던 김정명이 한숨을 돌릴 수 있었던 것은 역시 정민에게 글짓기를 시켜 보고 나서였다.

본래 정민은 글을 못 쓰는 사람이 아니었다. 대학에서 훈련 받은 글쓰기 솜씨는 매우 괜찮은 수준이었다.

그러나 언어가 도구라고 한다면, 정민은 지금 늘 쓰던

도구가 아닌 다른 도구를 다루어야 하는 상황이었다. 읽는 것에 아무리 익숙해져도 역시 한문으로 글을 쓰는 것은 쉽지가 않았다.

물론 그 수준이 못난 정도는 아니었으나, 과거를 급제하기에 충분하다고 할 정도는 절대 아니었다. 김정명은 그제야 스승의 권위를 좀 세워 볼 수 있겠다고 생각하여 안도의 한숨을 돌렸다.

"……암(暗)과 감(紺)을 어울려 쓰신 것은 잘하셨습니다. 둘 다 색조(色調)를 보이니 시상이 있고 운모(韻母)와 성(聲)이 같으니 압운도 잘 맞습니다. 그러나 저라면 언덕 감(堪)을 쓰겠습니다. 풍경을 노래한 시니 과실의 색이 떠오르는 감색 감(紺) 보다는 언덕에서 떨어지는 그림자 색을 말하는 것이 더 어울리니 언덕 감(堪) 자가 낫지요."

그 뒤로 두 달이 넘게 김정명은 정민에게 시작(時作)을 가르쳤다.

김정명이 보기에 정민의 문제는 다름이 아니라 운(韻)을 맞추는 것에 둔하다는 것이었다.

어찌 보면 그것은 당연한 노릇이었다. 한시에서는 구의 끝이나 연의 끝에다가 운모(韻母)가 같은 음을 쓰는 관례가 있는데, 이것을 압운이라고 했다. 운모란 초성을 뺀 중성과 종성을 의미하는데, 암과 감은 초성을 제외하고는 중성과 종성이 같으니 운모가 같은 것이다.

문제는 여기에다가 성조까지 끼어들어 평성(平聲), 상성(上聲), 거성(去聲), 입성(入聲)의 네 성조도 고려를 해야 하니, 중국말이 모국어가 아닌 고려 사람들에게는 압운을 하는 것은 골칫거리였다. 그래서 이 압운을 위한 운모를 정리하여 놓은 일종의 사전인 《운서(韻書)》를 달달 외워 머릿속에 넣어 놓고 있지 않으면 좋은 시를 짓기 힘들었다. 그래서 김정명은 정민에게 《절운(切韻)》·《광운(廣韻)》·《예부운략(禮部韻略)》 따위의 운서를 집중적으로 공부시키고 이를 바탕으로 시를 짓는 훈련을 시켰다.

'놀랍다. 이렇게 빨리 운서를 익히고 시에 응용할 정도가 될 줄이야…….'

겉으로는 아직 모자라다고 질책을 하면서도, 김정명은 속으로 적잖이 정민이 배우는 속도에 놀라고 있었다.

기대 이상으로 빠른 속도였다.

김정명은 날이 갈수록 정민의 재주에 감탄하고, 또 자기 나름의 머리에 자신이 있던 사람으로서 좌절감을 느끼기도 했다. 탄복과 경이로움, 그리고 또다시 좌절이 반복되면서 김정명은 정민의 스승이라기보다도 어느새 학우(學友)로서 정민의 공부를 돕고 있게 되었다.

"누가 누구를 가르치겠다고 이리 스승의 대우를 받고 있었는지 모르겠습니다."

"무슨 말씀을 그리 하십니까. 길에 세 명이 지나가면 그중 하나는 스승이라고 하였습니다. 제가 모자란 것이 있어 스승의 가르침을 구하는 것인데, 어찌 나이와 신분을 따지겠습니까. 제게 운서를 가르치고 글을 미려하게 다듬는 법을 알려 주셨는데 왜 스승이 아니시겠습니까?"

김정명이 어느 날 정민의 늘어난 실력에 놀라고 주눅이 들어서, 한숨을 토해 내자 정민은 다독이듯이 김정명을 치켜세워 주었다. 그러나 김정명은 그 조차도 정민의 사람을 다루는 능력이라고 생각하여 그저 탄복할 따름이었다.

"이제 곧 해가 바뀌기 전에 국자감시가 열릴 것입니다. 감시(監試)라고도 하지요. 이 시험은 나중의 본 시험인 동당시를 볼 자격이 있는지 확인하는 시험이니, 이 시험을 통과하고자 목을 매는 자들이 한둘이 아닙니다. 감시만 통과하여도 되기만 하여도 온갖 잡역과 세금이

면제가 되니 어찌 서로 실력을 다투지 않겠습니까? 공께서도 국자감을 나오시지는 않으셨으나, 이 감시를 볼 자격이 되시어 시험을 치르게 되셨습니다. 제가 지금까지 보건데 공의 지금 실력으로는 이 시험은 아기 장난과도 같을 것입니다. 다만 통과하셨다고 교만하지 마시고 동당시에 집중하셔야 합니다. 본 시험인 동당시는 생각보다 녹록하지 않을 것입니다."

처음에는 그저 대갓집 아들을 가르쳐서 과거에 붙이고, 더불어 도움을 받아 자신도 대기발령 상태를 면하고 빨리 관직에 나아가려는 속셈으로 일종의 과외에 응했던 김정명이었다.

그러나 지금은 정민의 학식과 인품에 감탄하여 스스로 정민을 위해서 뭐라도 보탬이 되려 하고 있었다. 정민은 그런 김정명이 내심 대단하다고 생각했다.

지방 고을의 호장의 손자라면 호족집안의 출신이고, 그 고을에서는 필시 수만 평이 넘는 장원까지 거느리고 있는 사람일 가능성이 높았다. 고려 전체로 보면 통치계층의 사람이었다.

그러나 개경을 중심으로 한 문벌귀족들에게는 지방의 발에 차일 정도의 호족 따위가 눈에 들어올 리가 없었다.

그런 신분적 한계를 딛고 공부에 매진하여 장원급제를 한 김정명이었다. 그런데 연줄이 없어 관직에 자리가 나지 않는다는 이유로 사실상 허송 세월을 하며 개경에서 풍찬노숙하고 있었던 것이다.

그런데도 기개가 곧고, 사람이 겸허했으며, 교만이 보이지 않으니 정민으로서는 김정명을 좋게 평가할 수밖에 없었던 것이다.

그렇게 공부를 하며 해가 바뀌어, 국자감시가 열리고 정민은 쉽게 그 시험을 통과하였다. 정민과 김정명은 보다 밀접하게 서로 하루 종일 붙어 앉아서 다음 시험을 준비하기 시작했다.

대망의 동당시가 사 개월 앞으로 다가와 있었다.

동당시(東堂試).

동당이라는 말은 본래 서진(西晉)의 궐각 이름으로 이곳에서 극선(郤詵)이라는 자가 관리가 될 뛰어난 자질을 보여 현량제일(賢良第一)로 천거된 곳이다. 그가 학식이 뛰어나다는 이야기를 듣고 황제가 그를 접견하여 시험해 보고서는, 그 재능을 매우 칭찬을 하였다. 그러나 극선은 말하기를, '이제서 겨우 계수나무 숲에서 가지 하나를 얻은 것이고, 곤륜산에서 나는 옥 한 조각을 얻은 것이나 다름없습니다.' 라고 겸양하였다. 여기서 계림일지(桂林一枝) 곤산편옥(崑山片玉)의 고사가 유래한 것이다.

그 뒤로 과거를 치르는 시험장의 별칭을 동당이라 하게 되었으며, 고려에서는 바로 본 시험인 예부시(禮部試)를 동당시로 칭하게 되었던 것이다.

동당시는 종종 제술과와 명경과를 함께 치르기도 하였으나, 대개는 제술과 하나만을 보았다. 제술과는 처음에는 시(詩)·부(賦)·송(頌)·시무책(時務策)의 네 과목을 두었고, 뒤에 경(經)과 논(論)이 추가되었는데, 이 모든 과목을 보는 것이 아니라 세 과목을 선별하여 보았다.

이 동당시를 정기적으로 얼마마다 한 번 보아야 한다고 정해진 것은 없었으나, 대개 1년이나 2년에 한번은 열어서 예비 관료들을 충당하였다.

뽑힌 자들 가운데에 가문이 높고 세력이 있는 자는 쉽게 높은 관직으로 나아갔고, 그렇지 못한 자들은 미관말직이나마 나기를 기다려야만 했다. 뽑는 인원에 비해서 고려의 관직은 늘 부족했고, 그나마도 좋은 자리는 음서

출신이 채어 가니 과거에 붙었다고 해서 곧 고관대작이 되는 것은 아니었다.

이번에 열리게 된 동당시는, 2년 만에 열리게 된 것으로 1159년의 한 해가 저물어 갈 무렵 임금의 조칙(詔勅)으로 이듬해 3월 보름에 치러질 것임이 포고되었다. 이미 이번에 치러질 과거의 지공거로 일찌감치 내정되었던 예부상서 김돈중과 함께 동지공거로는 역시 내정되어 있었던 최윤의가 선임되었다.

이미 감시(監試)를 통과한 자들이 구름처럼 몰려와 동당시가 열리기 두어 달 전부터 개경에서 진을 치고 있었는데, 과거가 열릴 때면 으레 보이는 광경이었다. 이때쯤 과거를 주관하는 임시 관청인 공원(貢院)이 설치되고, 응시자들의 명부를 확정하기 위한 서류를 제출 받기 시작했다.

"네 응시에 필요한 행권(行卷)과 가장(家狀)이다. 이것을 공원에다 제출하도록 하여라."

공원이 설치되자 정서가 정민을 불러다가 필요한 서류를 준비하여 내주었다.

행권은 일종의 응시원서로, 응시자의 이름과 생년월일, 그리고 사대조까지의 이름과 벼슬을 적은 것이다.

가장은 이 행권의 내용을 증명해 줄 수 있는 부대 서류를 통칭하는 것이었다. 행권과 가장은 해가 바뀌기 전인 음력 12월 20일까지는 공원에 제출해야 했다.

'이거야 참. 이것만 놓고 보면 내가 완전히 정 씨 가문의 사람이로구나. 과거에 급제하고 관직에 나아가 후대 역사에 내 이름이 남게 된다면 내가 온 곳은 아무도 알지 못하고 정서의 양자로 기록될 것이다.'

정민은 행권과 가장을 들여다보고서는 이상한 기분이 들었다.

고려 땅에서 정말로 안주할 곳과 가족을 얻었다는 안도감과 함께 이제 근본을 완전히 잃어버렸다는 상실감이 교차했던 것이다. 그의 기억 속에만 남아 있을 현대의 친부모 이름 대신에, 그의 가계에는 고조부 동래현 호장 정문도(鄭文道), 증조부 대부경(大府卿) 정목(鄭穆), 조부 지추밀원사(知樞密院事) · 예부상서(禮部尙書) · 한림학사승지(翰林學士承旨) 정항(鄭沆), 부 호부시랑 정서(鄭敍)의 4대조까지의 최고벼슬과 이름이 차례로 적혀 있었다. 놓고 보니 과연 지방 호족 가문으로 시작하여 과거를 통해 입신양명하여 종래에는 권문귀족의 일원으로 편입되는 내력이 잘 보였다.

'도신 스승님이 아니었다면 내게 이런 기회가 오지 않았을 터인데, 참으로 공교롭구나……. 스승님은 살아 계시는지, 살아 계시다면 지금 어디쯤 계실 것인가.'

그의 목숨을 구해 주고 고려에서 살아남을 수 있도록 신분과 가르침을 준 스승이었다.

워낙에 종잡을 수 없는 도인 같은 인물이라 그를 세상으로 내보낼 때가 되자 말 한마디 해 놓고 스스로 사라져 버렸다. 고려 땅이 넓지 않다고는 하나, 작정하고 산을 다니며 숨어 사는 사람을 찾을 수도 없으니 그 소식이 궁금해도 방도가 없는 노릇이다.

도신의 나이가 꽤 있어서 정민은 혹여나 그가 어디서 장례를 돌보아 줄 사람도 없이 산 이리의 밥이 된 것은 아닌가 걱정할 때가 종종 있었다.

'어디선가 잘 계실 것이다. 그렇게 믿어야지.'

정민은 언젠가는 도신을 한 번 뵐 수 있을 것이라 마음 한구석에 기대를 품고 있었다.

돌아갈 수 없어 영영 볼 기약이 없는 현대에서의 가족과 친구들과 다르게, 이 시대의 같은 하늘을 이고 살아가는 도신은 살아만 있다면 다시 얼굴을 볼 기회가 있을 수도 있었다.

"호부시랑 정서의 아들 정민입니다. 감시를 통과하였다는 증패(證牌)와 행권, 그리고 가장을 제출하러 왔습니다."

"여기 두십시오. 그렇잖아도 시험을 보신다는 소문이 자자하여 언제 오시나 하였습니다."

공원의 하급관리가 눈이 둥그레져서 정민을 보며 말했다.

그는 정민의 외모에 한 번 감탄을 하고, 그의 낮은 저음의 목소리에 두 번 감탄을 했다. 호부시랑 정서의 아들이 대단한 인물이라더니, 과연 소문대로라고 그는 생각했다.

정민은 머쓱하게 서류를 제출하고 나서, 쵸보훈에 올라타서 다시 집으로 돌아갔다.

서류 제출과 관계없이 점차 다가오는 동당시를 더 힘을 내 준비해야만 했다. 그사이에 과거가 열릴 준비도 차근차근 진행되어 가고 있었다.

시관(試官)인 지공거 김돈중과 동지공거 최윤의는 시험 문제를 무엇을 낼지 토의를 하고 있었으며, 공원에서는 응시자의 명부 조정에 올려 어보(御寶)를 찍은 다음 확정하였다.

“시험 문제들이 지금쯤이면 만들어졌을 것입니다. 일전 제가 동당시를 보았을 때에 부(賦)와 송(頌), 그리고 경(經)의 세 과목이 출제 되었으니, 이번에는 아마 시(詩), 책(策), 논(論) 가운데 둘 정도는 출제될 가능성이 높습니다. 이를 염두에 두시고 준비를 하십시오.”

장원급제를 한 사람답게 김정명은 이번의 동당시가 어떤 유형으로 나오게 될 것이라 나름의 짐작을 하고 있었다. 장담을 할 수는 없는 노릇이나, 정민은 김돈중으로부터 시험 문제를 미리 알려 줄 것이라는 약조를 받은 바도 있고 해서, 조금 마음 편하게 동당시를 대비한 연습을 하기 시작했다.

시(詩)라는 것은 말 그대로 한시를 지어 읊는 것이오, 부(賦)는 정형화된 문체로 사물의 모습이나 눈에 보이는 풍광을 묘사하는 것이다. 송(頌)은 시의 일종이나 특별히 특정한 인물의 성덕을 칭송하는 내용으로 시를 짓는 것이다. 이 세 과목은 주로 시를 짓는 능력이 크게 중요하다고 할 수 있다. 그다음으로 책(策)은 어떠한 현안 문제에 대하여 그것을 해결할 방도를 제시하는 것이고, 경(經)은 《시경(詩經)》, 《서경(書經)》, 《예기(禮記)》, 《악기(樂記)》, 《역경(易經)》, 《춘추(春秋)》의 육경(六

經)을 바탕으로 그 이해를 보는 시험이었다. 마지막으로 논(論)은 어떠한 주제를 놓고 그 시비(是非)를 서술하도록 하는 과목이니, 이것들은 산문으로 얼마나 논리적이고 정확한 글을 쓰느냐가 중요하다고 하겠다.

정민은 시작에는 약하고 경, 책, 논에는 조금 강한 편이었다. 그러나 문제를 이미 안다면 양쪽 모두 미리 철저한 준비가 가능하니 크게 문제될 것은 없었다.

"이러한 문제들인가……."

동당시가 열흘 정도 남았을 무렵, 3월의 매우 화창한 날에 김돈중이 몰래 보낸 사람이 집 안에 두루마리 하나를 던지고 사라졌다. 단단히 봉인된 이 두루마리는 바로 시험 문제가 담겨 있는 선집(選集)이었다.

정민은 이것을 펼쳐 읽어 보고서는 문제를 외워 놓고 두루마리는 불에 태워 버렸다.

하나는 시로, 오언육운시(五言六韻詩)를 짓는 것을 낼 것이라고 하였고, 다른 하나는 부로, 십운시(十韻詩)로 송악산의 풍광을 읊는 것을 낼 것이라 하였다. 마지막으로 낼 것은 책(策)으로, 국경방위에 대한 시책을 낸다고 하였다. 정민은 이것도 일종의 부정이므로 김정명에게도 알리지 않고 혼자서 답안을 준비해 나갔다.

시험 닷새 전이 되었을 때, 사람을 보내어 마지막으로 해야 할 일인 시험지 제출을 마무리 지었다.

시험지는 첫머리에 이름, 본관, 사조(四祖)를 적고, 그 부분을 풀로 봉해서 그 부분을 볼 수 없게 한 다음에 제출하도록 되어 있었다. 시관이 인적 사항에 흔들리지 않고 평가를 하기 위해서였다.

이 일까지 마무리 지은 다음에, 정민은 답안을 작성하는 일에 몰두하며 닷새를 아무와도 만나지 않고 틀어박혀 있었다. 시험 날이 밝았을 때, 정민은 꽤나 훌륭한 답안을 머릿속에 이미 준비해 둔 뒤였다.

제18장

송(訟)을 짓고 책(策)을 쓰며 용문을 올려 보니

시험 날이 밝았다.

해가 뜨기 전에 일찍 기침하여 정민은 부친인 정서에게 문안을 올린 다음에, 죠보훈을 몰아 집 밖을 나섰다. 그의 시중을 들기 위한 노복 둘을 대동하고서, 그는 과장(科場, 시험장소)으로 가는 길에 대령후저에 들러 인사를 했다.

"오라버니, 동당에서 꼭 큰 대운(大運)이 따르라 빌며 직접 짠 세포(細布)여요. 반드시 급제하셔서 홍패를 받으라고 기원하는 마음에서 붉은 물을 들였으니 꼭 지니고 들어가세요."

대령후에게 인사를 하고 나오는 길에, 왕연이 정민을 기다리고 있다가 붉은 천을 하나 건네주었다. 정민은 그 마음씀씀이가 고마웠다.

"고맙다. 내가 꼭 시험을 잘 치르고 오도록 하마."

정민은 왕연의 머리를 쓰다듬으며 말했다. 왕연은 그 손길에 기분이 좋은지 얼굴을 살짝 붉혔다.

그러고 보니 일 년 사이에 훌쩍 여자다워진 왕연이었다. 이제 열여섯이 된 그녀는 점차 소녀의 티를 벗고 여인의 자태를 보이고 있었다. 정민은 괜히 마음이 설레는 것을 떨쳐 내고서 대령후저를 나와 과장으로 향했다.

시험은 삼 일로 나누어 각각 초장, 중장, 종장의 시험을 치르는데, 각기 한 과목씩 선정하여 보도록 되어 있었다. 각 시험이 끝날 때 마다 채점이 이루어지는데, 그 결과는 바로 발표되었다.

애초에 예비시험이라 할 수 있는 국자감시를 통과하는 인원이 많지가 않아 200여 명 남짓이 응시를 하고, 여러 명의 시관이 채점을 하므로 채점 작업은 금방 이루어졌다. 초장에서 떨어진 사람은 중장에 응시할 수 없고, 다시 중장에서 떨어지면 종장에 응시할 수 없다. 최종시험인 종장이 끝나면 삼 일 째가 되고, 이 마지막 시험의 결과를 다시 시관이 등급을 매겨 임금에게 내어 가면, 임금이 이 합격자를 확정하고 발표하게 되는 것이었다.

황궁(皇宮) 한쪽에 차려진 시험장에 들어서서 정민은 최대한 긴장을 풀고 편한 자세로 자리를 깔고 앉았다. 김돈중이 보내 준 내용대로라면 초장의 시험은 시(詩)가 될 것이고, 쓸 내용이 머릿속에 있으니 걱정할 것이 못 되었다.

'가벼운 마음으로 준비한 대로 시험을 치르고 나가자.'

응시자들이 다 들어온 것을 확인하고 과장의 문이 닫힌 다음에, 지공거와 동지공거가 초장의 시험 문제를 내걸었다.

'……!'

그 시험 문제를 정민은 두 눈으로 확인하고서는 그만 깜짝 놀라고 말았다.

김돈중이 알려 준 대로 시가 출제된 것이 아니라, 초장의 시험은 난데없이 송(訟)이었다. 누구를 송덕할지는 각기 자유로이 정하라는 조건이 달려 있었다.

정민은 눈앞이 깜깜해졌다. 김돈중이 시험 출제 문제

를 알려 준 뒤에 나온다는 시와 부, 그리고 책만을 준비한 것이었다. 정민이 황망하여 고개를 들어 누대 위에 선 김돈중을 보니, 그가 시선을 마주치고서는 당혹한 눈빛을 보였다.

그는 어쩔 수 없었다는 듯이 고개를 저으며 눈을 감았다. 정민은 덜컥 한숨이 나왔다. 그러는 사이 이미 시험지는 배부가 되고 시작을 알리는 타종(打鐘)이 이루어졌다. 뎅뎅거리는 종소리에 정민은 심장이 거칠게 뛰어왔다.

❖ ❖ ❖

과장이 내려다보이는 누대에 선 김돈중은 마음이 자못 편치 못했다. 본의 아니게 정민에게 물을 먹인 셈이 되었기 때문이었다.

사실 김돈중이 보내 주었던 문제의 내용은 실제로 어제까지만 하더라도 사실상 출제가 될 것이라 확정된 문제들이었다. 최윤의가 마지막까지 문제를 바꿀까 하며 망설였으나, 결국에는 정민에게 보내 주었던 시안(試案)대로 임금에게 재가를 받기 위해 상주하였던 것이다.

과거의 제도상으로, 지공거와 동지공거의 두 시관은 시험 전날 오후에 초장, 중장, 종장의 시험 문제를 적어서 임금에게 올려야 했다.

임금이 그 시험 문제의 여러 개를 받아 보고서, 그 가운데에 세 개를 낙점하여 시험 당일 내걸게 하는 것이다. 그러나 지금의 임금은 방탕하고 정사에는 좀체 관심이 없어서, 사실상 상주를 하면 읽어 보지도 않고 옥새를 찍어 시관들이 정한 문제에 손을 대지를 않았다. 그래서 며칠 전이면 사실상 문제가 확정되어 있는 것이나 마찬가지였고, 김돈중은 이번에도 응당 그럴 것이라 생각하여 정민에게 문제를 보내 주었던 것이다.

"이번에는 짐이 친히 문제를 한 번 검토해 보도록 하겠다."

그런데 무슨 바람이 불었는지, 술기운 하나 없이 맨정신으로 시관들과 마주 앉은 임금은 김돈중과 최윤의가 상주한 문제들을 하나씩 훑어보더니 고개를 저으며 첫 시험을 송(訟)으로 내라고 우기는 것이다.

"지공거, 관리라면 마땅히 어떠한 마음을 가져야 하겠소? 그대는 어찌 생각하시오?"

임금의 난데없는 물음에 김돈중은 황망해졌다.

"위로는 성상 폐하를 충의로 받들고, 아래로는 백성을 자식처럼 돌보아야 하지 않겠습니까."

"그런 빤한 대답이나 늘어놓으니 이런 시험 문제가 나오는 것이오."

"송구하옵나이다, 폐하."

김돈중은 괜히 임금의 비위를 거스르기 싫어서 몸을 굽혀서 죄를 청했다.

"뭐, 꼭 잘못되었다는 것은 아니요. 한 삼분의 일은 옳소이다. 짐을 충의로 받드는 것 또한 당연하지만, 또 그 치세가 얼마나 복된 것인지 백성들에게도 알릴 의무가 있지 않겠소. 과연 짐의 신하가 될 자로써 짐의 치세가 덕이 된다고 여기는 자라면 송을 문제로 내면 짐의 성덕을 노래하겠지. 허튼 마음을 품어 이상한 노래나 짓는다면 그것이야 말로 조정에 쓸 데 없는 자들이니 초장에서 골라내시오."

"하오나 폐하! 과거에서는 마땅히 그 기예(技藝)와 학문을 시험해야 하옵니다. 그러기 위해서는 잘 선별된 문제를 내어 그 당락을 갈라야 마땅할 것인데, 이제 와서 문제와 시과(試科)를 바꾸어 낼 수는 없사옵나이다. 통촉하여 주시옵소서."

김돈중은 꿀 벙어리처럼 임금의 말을 어안이 벙벙하여 듣고 있었으나, 동지공거인 최윤의가 듣다못해 임금에게 간청을 했다. 그러나 임금은 역정을 내며 최윤의의 말을 듣지 않았다.

“짐의 덕을 노래하는 자들은 기예와 학문이 없는 자라고, 지금 그대가 말하는 것이오?”

“폐하!”

“듣기 싫소. 짐이 명한대로 초장의 시과는 송이며, 그 주제는 자유로이 맡기도록 하시오. 알겠소이까? 그리고 답안을 채점할 때에는 누구의 덕을 칭송하였는가를 판단하여 뽑도록 하시오.”

임금의 뜬금없는 고집에 김돈중과 최윤의는 그만 허옇게 질리고 말았다.

초장만 그러면 그래도 괜찮았을 텐데, 임금은 중장과 종장에 대해서도 심기가 뒤틀렸는지 마음대로 손을 대려 하기 시작했다.

“초장에서 송을 짓도록 하였으니, 중장에서 또 부를 내어 시 짓는 재능을 시험할 필요는 없지 않겠소? 이번에는 그 잘난 학예를 시험해 볼 테니 경전에서 내도록 하시오. 중장의 시과는 경(經)이오. 문제는 보자…… 그냥

《예경(禮經)》에서 내도록 하시오."

"……."

임금의 작패(作悖)에 김돈중과 최윤의는 유구무언이었다.

이미 임금이 작정하고 문제를 멋대로 고치고 있으니 이를 막을 방도가 없었다. 간언을 하고자 하여도, 그것을 고까워하는 임금이니 무어라 더 말을 하는 것도 어려웠다.

"마지막으로 종장은, 그대로 시과를 책으로 하되, 다만 국경의 진보(鎭堡)를 어찌 단단히 방비하여야 하는지 같은 문제는 접어 두고, 나라의 재물을 늘리고 송과 금에 버금가는 천자(天子)의 나라로써 사해에 짐의 황덕(皇德)이 고루 떨치게 할 수 있는지 책을 내어 놓게 하시오."

"서, 성은이 망극하여이다, 폐하."

속으로는 답답하여 무어라 입이 떨어지지 않으나, 김돈중과 최윤의는 억지로 대답을 하고서 진땀을 빼었다.

"그럼 되었소. 짐이 일러 준 대로 내일 부터 동당시를 치르도록 하시오."

임금은 그렇게 말하고서는 훌쩍 일어나 무비의 침소로

거둥했다.

김돈중과 최윤의는 궁궐에서 물러나와 다음 날의 동당시 준비가 한창인 공원(貢院)에서 마주 앉아 이 일을 어찌하여야 할지 머리를 맞대 보았으나 방책이 나오지를 않았다.

"이번에는 폐하의 뜻을 따라 시험을 치르는 수밖에 없겠습니다. 저희가 할 수 있는 최선은 그러한 가운데에서도 답안에서 옥을 가려 뽑아내는 것이 아니겠습니까."

최윤의는 일찌감치 체념을 한 듯 보였다.

사실 시험 비리와는 엮여 있지 않는 그이니만큼, 문제가 바뀐다고 해서 그가 책임을 져야 할 일은 없었다. 다만 임금이 제멋대로 난정(亂政)을 하다못해 조정의 관료를 뽑는 과거에까지 손을 대는 것이 마음에 들지 않았을 뿐이다.

그래도 임금은 임금이다. 성상(聖上)이 내린 명을 받들지 않으면 불충이 되는 것이다.

"그렇지만 말이오, 동지공거. 이것은……."

김돈중은 임금의 변덕에 놀아나서야 되겠느냐는 말이 목구멍까지 올라왔지만, 차마 입 밖으로 꺼내지는 못했다.

밤늦게까지 고민해 보았으나 실로 방법이 없었다. 김돈중과 최윤의는 결국 임금이 준 문제로 확정을 내기로 하고, 다음 날 과장에서 내걸 문제를 큰 백포(白布)에 썼다. 새벽이 깊었으나 지금이라도 새롭게 난 문제를 정민에게 알려 줄까 고민하던 김돈중은 그러지 않기로 결정했다.

지금 와서 문제를 알려 준들 갑자기 급제할 답안이 나올 리 없었고, 정 씨 집안과의 사이에 그 정도의 정리(情理)는 없었다.

'일이 이렇게 되어 과거에서 떨어지더라도, 음서로 나아갈 수 있으니 관직 진출이야 어렵겠는가……. 과거에 떨어진 자가 음보로 나아갔다는 구설수야 있겠지만, 그런 것이야 대수가 아닐 것이네. 기왕에 이리 된 것, 오늘 그대의 운을 시험해 보오.'

당혹감에 눈이 찌푸려진 정민을 과장의 누대에서 내려다보며 김돈중은 눈을 질끈 감았다.

그로서는 별 수 없는 노릇이다. 자신이 해 주고자 한 몫을 다 하였으나, 뜻하지 않게 진행된 일이니 마음에 책임감은 없었다.

아무도 지키지 않는 원칙이지만, 원칙대로 하자면 부

정을 저지르도록 해 주는 일이었으니, 안 되었다고 해서 정민이 자신을 탓 할 수는 없는 것이다. 그러나 물론 김돈중으로서도 이것이 단순하게 입을 싹 씻고 넘어갈 문제만은 아니었다.

김돈중이 문제를 던져 준 이는 정민 말고도 여럿이 있었는데, 모두 뇌물을 받고 준 것이었다. 그들 또한 표정이 싸늘하게 얼어 있었다. 김돈중은 과거가 끝나는 대로 미안하다고 사람을 보내어 이들에게 받은 것을 돌려주어야겠다고 생각했다.

기껏 지공거가 되어 한 몫 챙기나 했더니 쓸데없이 마음의 고생만 하다가 볼일을 다 봤다는 생각에 김돈중은 심기가 조금 불편했다.

이미 벌어진 일은 어쩔 수 없었다. 어찌 된 영문인지는 도무지 알 수 없었으나, 일단은 주어진 시험 문제를 풀어내야만 했다. 초장의 시과는 송(頌)으로, 송을 짓는 방법에 대해서는 김정명에게 배워서 알고는 있었다.

송은 본래 《시경(時經)》에 나오는 육의(六義) 가운데에 하나로, 누군가의 공덕을 칭송하는 노래를 말하는 것이다. 보통은 산 자를 칭송하는 경우는 잘 없고, 죽은 자의 공적을 노래하여 그 혼백(魂魄)에게 아뢰어 바치는 형식이 대부분이었다.

그러나 산 자를 노래하는 경우가 아주 없는 것은 아니었다. 《주례(周禮)》의 주(註)에는 송에 대해서 '덕을 칭송하여 넓게 꾸미는 시'라고 하였다. 그만큼 덕을 노래하는 시이므로 내용을 잘 꾸며 내는 것이 중요하다는 것을 돌려 말한 셈이다.

'진심으로 당황스럽기 그지없다. 송을 자유롭게 지어 바치라면 대체 누구를 칭송하여 바치라는 것인가? 송이라는 것은 결국 아부를 떠는 노래인데, 내가 누구를 기려 아부를 떤단 말인가?'

정민은 문제를 받아 놓고 한 식경(食頃, 약 30분)가량을 손을 대지 못한 채로 고민을 거듭했다.

그러다 문득 역사 속에서 지금의 임금이 남겼던 일화가 떠올랐다. 지금의 임금은 죽은 뒤에 받은 묘호가 의종(毅宗)인데 여기서 의(毅)라는 것은 시법(謚法, 시호와 묘호를 올리는 법칙)에 따르면 매우 안 좋은 악군(惡君)

에게나 줄 법한 것이다.

그만큼 임금의 치세는 정치가 어지럽고 문란하여, 결국에는 무신란(武臣亂)에 의해 폐위되고, 종국에는 이의민에게 척추가 접혀 죽음을 맞이하였던 것이다. 그런 의종이 치세 말년에 원래 신하가 황제에게 바쳐야 할 표문(表文)을 직접 지어서 모범으로 삼으라며 돌려 보게 한 일이 있었다.

그 내용을 보면 '요(堯) 임금의 갑절과는 성철(聖哲)과, 순(舜) 임금의 배나 되는 총명하심으로……' 운운하며 자기 스스로를 드높이고 있었다. 워낙에 자기애가 대단한 임금이라고 생각하여 정민은 책을 보며 혼자 웃었던 것을 기억하고 있었다.

'임금을 죽었다고 하여 송을 쓸 수는 없으니, 이 임금의 교만함을 맞춰 주려 살아 있는 임금의 공덕을 칭송하는 아부의 송을 써야겠구나. 이게 무슨…….'

한숨이 절로 나오는 것을 가라앉히고서, 차분히 생각해 보니, 초장의 시험을 통과하려면 차라리 이것이 나을 것이라 생각이 들었다.

갑자기 시험 문제가 바뀌게 된 연유는 알 수 없으나, 김돈중이 자신의 뒤통수를 일부러 친 것이 아니라면 임금의 입김이 들어가 바뀌었을 가능성이 높았다. 보통 송을 지으라면 불덕(佛德)을 칭송하는 것을 짓는 경우가 많은데, 정민이 보기에 그런 송을 지어서는 통과하기가 어려웠고, 임금의 교만함을 부추기는 송을 지어야만 했다.

결정을 내린 정민은 붓을 들어 송을 써 내려가기 시작했다.

신이 삼가 살피어 보건대, 예로부터 우리 동국(東國)에는 중국에 비견되는 유구함이 있어, 요순(堯舜)이 당토(唐土)에 하늘의 뜻을 이어받아 표준을 세우던 때에 동방에도 단군(檀君)이 있어, 법도를 세우고 나라의 기틀을 잡았습니다. 이 뒤로 주나라의 교화(敎化)와 미풍(美風)이 전래되어 삼한의 국풍이 매우 아름답고 정밀하여 후세에 실로 대대로 이어졌던 것입니다. 누대(累代)의 전에 본조의 태조(太祖)께서는 개경에 도읍을 정하시고 나라를 여시어 이 삼한의 기풍을 한데에 모으시고, 당토의 빼어남도 받아들이시고, 부처의 법도도 일으키셨습니다. 그리하여 이 성덕(聖德)이 대대로 내려와 오늘의 폐하께 이르렀으니, 실로 사방의 이적(夷狄)이 엎드려서 그 은혜를 칭송하고, 나라 안의 백성들이 그 성은을 노래하고 있습니다. 삼가 생각하옵건대, 우리 해동천자(海東天子)께옵서는 복록(福祿)이 지극하시어 경전을 존숭하고 문치를 숭상하여 교화를 일으키신 뜻이 있으시니, 이 지극한 덕업을 이 용렬한 신이 감히 그 거룩함을 말할 수 없으나, 진실로 이 성덕을 노래를 지어 칭송함이 마땅하므로 삼가 송(訟)을 올리옵니다.

海東盛國 聖明御極 (해동의 융성한 나라에 성명하신 임금께서 등극하사,)

政敎煥赫 治隆俗美 (다스려 가르침이 빛나며, 치세가 높고 풍속이 아름답다.)

漢唐以來 斯道湮沒 (한당의 이래로 이 도가 점차 사라졌으나,)

唯今傳來 東國皇土 (오로지 지금에 전해 내려오는 것은 동국의 황토에서 뿐이다.)

猗歟休哉 我皇誕興 (이 아름답지 아니한가. 우리 황제께서 크게 일으키시어,)

睿智之資 敎化大行 (그 예지를 바탕으로 하시어 교화를 크게 베푸시네,)

於皇聖上 爲萬世則 (아아, 크시도다 성상 폐하시어. 만세의 법도가 되셨도다.)

帝王之道 一朝而續 (제왕의 도가 하루아침에 다시 이어졌네,)

愚臣幸參 聖帝之下 (어리석은 소신이 다행히도 우리 성상의 아래에 있었기에.)

作爲歌頌 傳世罔極 (송을 지어서 대대로 다함없이 전하옵나이다.)

송을 다 짓고 나니 얼굴이 화끈거리는 것이 부끄럽기 짝이 없었다.

송을 배우면서 읽었던 옛 전범이 되는 훌륭한 글들에서 대충 거창한 말들을 떠올려서 글자만 조금 고쳐 손을 본 것이었다.

더군다나 이렇게 대놓고 지금의 임금을 치켜세우는 노래이니 선비로서의 고고한 자존심이 있었다면 지금 같은 암군에게 죽어도 이런 송을 지어 올리지는 못했을 것이다.

마무리를 다 짓고 나서 붓을 내려놓고 한숨 돌리며 하늘을 바라보니, 이내 과거의 초장시험이 끝났음을 알리는 종소리가 울리는 소리가 들려왔다. 정민은 답안지를 제출하고 나서 바닥에 깔아 놓은 돗자리 위에 철퍼덕 드러누웠다.

'내 다시는 이런 낯이 뜨거운 송은 쓰지 않을 것이다.

젠장!'

❖ ❖ ❖

동당시의 초장이 끝난 뒤에, 응시생들은 제각기 간단한 참을 들거나, 삼삼오오 모여서 수다를 떨거나, 잠시 눈을 붙이는 등 제각기 휴식을 하고 있었다.

그러나 시관인 김돈중은 200여 개에 달하는 답안을 최윤의와 함께 채점을 해야 했다. 대충 임금이 미리 사전에 언질을 준 대로 불덕(佛德)을 노래하거나, 중국의 옛 황제들을 칭송하거나, 아니면 고려의 선왕들을 노래한 송들은 대체로 배제시켰다.

그러나 그 가운데에도 정말 빼어난 송들이 있으니 차마 탈락시킬 수 없어 뽑은 것들도 있었다. 그런 송들에 더해서 눈치 좋게 지금 임금의 성덕을 노래한 송을 쓴 자들이 쉰 명 정도가 있었다.

개중에서 도저히 붙여 줄 수 없을 정도로 못 쓴 것을 제외하고 김돈중은 최윤의와 함께 합격을 시킬 답안을 따로 빼놓았다. 그렇게 하나하나 검토해 나가던 중에, 최윤의가 한 답안지를 보더니 한숨을 푹 쉬며 김돈중에게 말을 했다.

"예부상서, 이거는 좀 지나치지 않습니까? 어황성상 위만세칙 제왕지도 일조이속이라니, 이거 참, 누가 보면 요순(堯舜)에게 바치는 송인 줄 알겠습니다."

최윤의가 밀어 넣은 답안지를 김돈중이 보니, 그 또한 한숨이 절로 나왔다.

"아아 크시도다 성상폐하시어, 만세에 내려갈 법도가 되시었네, 제왕의 도리가, 하루아침에 이어지노라……. 허어, 이것 참 지나치긴 합니다. 이 정도로 칭송을 해 대면 아부가 아니라 조롱처럼 들리는데……."

"그래서 내 이 답안을 말석(末席)으로 붙일까 말까 고민 중이었습니다."

"어찌해야 좋겠습니까?"

이들이 놓고 고민하는 답안은 바로 정민이 써낸 송이었다.

임금이 직접 친견하였다면 단번에 뽑았을 답안이었으나, 김돈중과 최윤의가 가진 최소한의 학문을 배운 자로서의 자존심이 그것을 막고 있었다. 물론 답안지 위의 이름이 쓰인 곳은 풀칠되어 누가 쓴 글인지는 알 수 없었다.

만약 정민의 이름이 쓰인 것을 볼 수 있었다면, 김돈중은 조금은 미안한 마음에 우겨서 좋은 성적으로 올려 보내 주었을 것이다.

"이런 것까지도 제외해 버리면 내일 중장에 올려 보낼 사람이 너무 줄어듭니다. 그래도 동당시를 열었으니 못해도 서른은 마지막에 등과시켜야 하는데, 첫 시험부터 쉰 명도 안 되는 사람을 남기면 좀 그러니 뽑아 올리십시다."

"알겠습니다."

고민 끝에 두 사람은 그 답안을 초장에서 통과한 답안지 가운데 가장 낮은 점수를 매겨 중시에 올려 보냈다.

채점이 끝난 답안지는 시관의 손을 떠나서 임금이 보낸 승선(承宣)의 손에 의해 풀칠한 것이 뜯겨서 바로 이름이 적혀 회람되었다. 점수와 상관없이 이름은 무작위로 나열되어 발표되었는데, 개중에 정민의 이름도 포함되어 있었다. 가까스로 살아남은 것이지만 그래도 한숨은 돌린 셈이 된 것이다.

기왕에 일이 본래 생각했던 대로 흘러가지 않은 것, 정민은 정서와 상의 끝에 김돈중에게 더 이상 이러한 일들을 따지거나 부탁하지 않기로 했다.

그냥 없는 일이었던 셈 치면 될 것이다. 다행히 오늘 초장에서 합격자 명단에 올랐기에 조금 마음의 여유를 가질 수 있었던 것이다.

"예부상서가 너를 일부러 고초를 주려 그리하지는 않았을 것이다."

"알고 있습니다. 다만 문제를 받아 들고 조금 황망하였을 뿐입니다."

"그러게 그냥 음서로 관직에 나아가라 하지 않았더냐. 그래도 초장을 통과하였다니 대단하다."

정서가 껄껄 웃었다. 정민은 머쓱해져서 뭐라 할 말이 없었다.

이튿날이 밝아 중장의 시험을 치르기 위해 정민은 과장으로 향하였다.

시과는 경(經)으로 《예경(禮經)》에서 문제가 나왔다. 《예기(禮記)》의 '중용편(中庸篇)' 에 나오는 내용을 쓰고 그것에 대하여 간단히 논하는 정도였다.

예기, 다른 말로 예경을 포함한 6경은 도신에게 배울 때부터 시작해서 최근에 김정명에게 과거를 위한 집중적인 교육을 받을 때에도 수십 번은 읽은 것이니 문제가 그다지 어렵게 느껴지지는 않았다.

'현명한 자는 지나치고, 우둔한 자는 모자라다(賢者過之, 不肖子不及也).'의 내용을 가지고 정민은 대충 풀어 쓰고 나서 일찌감치 과장에서 나왔다. 답안을 쓰면서 그다지 걱정을 하지 않았는데 예상대로 합격이었다.

중장까지 지나고 나니 남은 사람이 40명 남짓이었다.

종장에서는 이들 가운데에 많으면 스무 명, 적으면 두서넛만 떨어지고 붙을 것이다. 과거의 선발 인원은 정해진 것이 없었고, 다만 30명 내외로 꾸준히 뽑았으나 40명을 넘는 것은 거의 없었다. 적을 때는 이에 못 미치는 적도 많았다. 대충 계산을 해 보건대 종장에서는 거의 사람이 탈락하지 않은 듯싶었다. 가장 중요한 종장 시험인 이번에 당락이 결정될 것이다.

"마지막 종장의 시과는 책(策)이오. 문제는 나라를 어찌 부강하게 하며, 또한 이를 통해 어떻게 해동천자(海東天子)의 성덕(聖德)이 사해에 떨치고 만세에 전해지게 할 것인지, 그 계책을 쓰시오."

동지공거 최윤의가 문제를 읊어 주었다.

그의 입술이 삐죽이는 것을 보아 그조차도 문제를 마음에 들지 않아 한다는 사실을 알 수 있었다. 정민은 한숨을 푹 쉬었다.

'초장에서의 송도 그렇고, 이번에 책에서 나오는 문제도 보니 이것은 필시 임금이 직접 요구한 것이다.'

실로 가련한 임금이었다.

제왕의 기품이 없어, 잡예(雜藝, 갖가지 너절한 기예)에 능하면서도 나라를 다스리는 일에는 도통 재능을 보이지 못하는 임금이다.

주변에는 늘 간신배가 떨어져 나가지를 않고, 나라의 재물을 방탕하게 쓰며 사치를 부리고, 계집질과 끊임없는 술자리와 사냥으로 세월을 허송하고 있었다. 자기 혼자 허송을 하고 있다면 상관이 없는데, 앉아 있는 자리가 옥좌이다 보니 나라 전체가 흔들리고 있었다.

그렇지 않아도 여러 가지 문제가 그간 오래도록 쌓여 온 고려였다. 현군이 등장하여도 쉽지 않을 시대에 암군이 등장하였으니, 온갖 곪은 병폐가 이제 터져 나갈 일만 기다리고 있는 것이다.

이런 상황에서 나라의 기강을 어찌 바로 잡을지 계책을 묻는 것도 아니고, 허장성세를 부리며 예비관료들에게 돈을 불릴 방법과 자기 권세를 선전할 방도만 묻고 있으니 한심하지 않을 수 없었다.

그러나 일단 임금은 임금이니, 아쉬운 것은 정민이었다. 배알이 꼴려도 답안을 구미에 맞추어 쓰지 않을 수 없었다.

'휴…….'

안 되는 것을 어찌 된다고 쓰나, 하고 고민을 하던 정민은 결국 붓을 들었다.

신이 삼가 고하건대, 나라를 단단히 세우고 그 기틀을 잡아도 천 년을 내려가지를 못하며, 고사를 살펴보건대 제통(帝統) 또한 유구하지 못하고 끊어지는 바가 있습니다. 동한(東漢)이 나누어져서 삼국이 되고, 서진(西晉)이 요란하여 오호(五胡)가 되며, 당(唐) 또한 찢어져 삭로(索虜)와 이적(夷狄)이 들끓게 되었습니다. 옛일을 보게 되면 성대(盛代)는 오래지 못하고 난세는 길다는 사실을 알 수 있습니다. 나라가 융성할 때는 임금의 치도(治道)는 바로 세워져 있으며, 위와 아래가 덕을 흠향하며 제 맡은 일을 게을리 하지 않고, 자연히 나라의 부고(府庫)가 채워지게 됩니다. 사(士)는 사의 일을, 승(僧)은 승의 일을, 농상(農商) 또한 제각기 자기소임을 다하여, 위로는 공경하고 아래로는 자애(慈愛) 하여, 나라가 한 가정처럼 되는 것입니다. 반대로 난세에는 사람들이 오로지 권세만 쫓아 달리며, 민심은 이반되고, 농민은 땅에서 쫓겨나 산과 들을 유랑하고, 선비는 붓을 꺾고, 상인은 도적떼를 만나게 됩니다.

삼가 말씀을 올리건대, 우리 태조(太祖)께서는 나라의 기강을 단단히 세워서 누대(累代)에 왕업이 찬란하시어 거란과 여진의 발호에도 나라의 국경은 단단히 방비되었고, 윤관(尹瓘)과 같은 명신들은 그 경계를 넓혀 이적을 징치하기도 하였습니다. 따라서 나라의 근본이 튼튼하여 이적의 발호에도 난세가 오지 않았던 것입니다. 그러나 거란이 북쪽에 할거하여 송나라는 그 경계가 줄어들었고, 강왕(康王, 송나라 고종)이 비록 천도하였으나 금나라의 군세에 시달려야만 하였습니다. 이것은 모두 국가의 근본이 튼튼하지 않았기 때문입니다.

신이 지금에 이르러 다만 우려하는 것은, 나라 또한 달이 차고 기울 듯이 때가 있어서 늘 보름달일 수 없고, 언제는 영락하기 마련인데, 그때를 살피는 것은 고승(高僧)이나 선인(仙人)도 할 수 없는 일입니다. 다만 우리 성상 폐하께서는 성덕(聖德)이 있으시어 백성을 교화하고 사방에 위업을 떨치셨습니다. 이러한 성세를 계속 가져가기 위해서는 앞서 말씀드린 바와 같이 백성들이 자기 맡은 일을 잘할 수 있도록 장려해야 합니다. 농인는 각종 농법을 도입하여 힘껏 일해 풍족한 결실을 맺도록 해야 하며, 상인는 제 마음껏 다니며 장사를 할 수 있도록 해야 하고, 공인은 필요한 재료를 때마다 충당하여 물건을 만들도록 해야 합니다. 이러한 것들이 잘 돌아가게 하는 것이 사(士)가 해야 할 일이며, 이것이 잘 이루어질 때에 나라의 곳간이 차고 넘쳐 마르지 않게 될 것입니다. 이것이 또한 성세(盛世)의 근본으로 자연히 이것이 이루어지면 사방의 오랑캐와 번국(藩國)들이 엎드려서 성상 폐하의 덕치(德治)를 숭앙할 것이니, 주 문왕(周文王)의 치세에 비견할 만하게 될 것입니다. 다만 지금에 이르러 제가 이러한 답을 하는 것은 의문을 바로잡고 성상(聖上)의 뜻에 맞게 하고자 할 뿐이니 가려 살피어 하문하소서.

구체적인 시책이야 머릿속에 차고도 넘쳤지만, 그런 것을 받아들여 줄 임금이나 조정으로 생각되지도 않을뿐더러, 철강이니 산업이니 총포니 은행이니 운운할 수도 없는 노릇이었다.

어떻게 생각하면 빤한 소리이나 잘 이루어질 법하지

않은 말을 적어 놓고 정민은 한숨을 쉬었다. 어찌 되었든 최종 시험인 종장도 이제 그 끝을 맺었다.

과장에서 나누어 준 시험지라는 것을 증빙하는 어보(御寶)가 찍힌 답안지들은 모두 거두어져 시관에게 넘어갔고, 응시자들은 하나둘 씩 해산하여 휴식을 취하고자 돌아갔다.

관례상 채점은 서둘러서 이루어질 것이고, 빠르면 그 날 저녁에는 공시가 될 것이었다. 늦더라도 며칠을 넘기지 않을 것이니 기다리면 될 일이었다.

❖ ❖ ❖

시관이 채점하고 승선(承宣)에 의해 발표되던 초장과 중장의 시험과 달리, 종장의 합격자 명단과 답안지는 임금에게 올라가도록 되어 있었다. 임금은 이번에는 자신이 간여한 문제라 그런지 생각 외로 꼼꼼하게 답안지를 살펴보더니 합격자 명부에서 몇 명을 제외하였다.

"짐을 비길 데가 없어 위 무제(魏武帝, 조조)에게 빗대는고. 이자는 등과에서 제외하도록 하시오."

그렇게 말하면서, 임금은 한 장의 시험지를 젖힌다.

"……밑도 끝도 없이 군병만 양성하여 금나라를 징벌하라니. 이자는 역적 묘청과 같은 모리배가 아니냐. 이 답안도 등과에서 제외하도록 하시오."

"폐, 폐하."

김돈중과 최윤의가 또 적잖이 당황하고 있었다.

임금은 기준 없이 답안을 살피며 마구잡이로 마음에 안 든다는 이유로 합격에서 배제시키고 있었다. 그러나 시관들의 우려 따위는 안중에도 없는 듯, 임금은 다른 시험지도 살피면서 논평을 했다.

"이자는 짐을 해동요순(海東堯舜)이라며 지금 짐의 덕이 하늘을 감동시키고 국태민안(國泰民安)하다고 하고 있소. 다만 나라의 재물이 적은 것은 간신배들이 나라에 바쳐질 세금을 가운데에서 탐욕을 부려 도둑질하기 때문이라고 하는데, 조정의 신료들로서 그대들은 어떻게 생각하시오? 짐이 보기에는 이자가 하는 말이 옳소. 장원(壯元)을 주시오."

"황공무지로소이다, 폐하……."

김돈중은 입이 씁쓸했다. 임금은 그런 그를 쳐다보지도 않고 그다음 답안지를 펼쳤다.

"이 답안은 고사의 인용은 별로 없고 일반적인 이야기

나 써 놓았군. 그래도 짐을 주 문왕에 빗대었으니 위 무제에 비하면 훨씬 낫다. 뭐, 마땅한 이야기를 한 것이니 떨어뜨리지는 말고 점수는 좀 더 깎으시오."

그렇게 임금이 다시 살펴서 답안 몇 개를 버리고 그 등과의 점수 순서를 바꾸다 보니, 장원도 바뀌고, 35명의 합격자를 올린 것이 29명으로 줄어 버렸다. 이렇게 계적(桂籍, 합격자 명단)에 오를 명단이 확정되었다.

남은 답안지의 이름을 봉해 놓았던 것을 뜯어 보면서, 김돈중은 내심 안심을 했다. 정민의 이름이 있었던 것이다.

'참으로 용하다. 과연 실력이 없지 않았구나. 분명히 문제가 달라져 당황하였을 것인데 심기를 일전하여 결국에 종장까지 통과하고 말았다. 좋은 성적은 아니나 과거에 급제하여 관직에 나아가게 되었으니 대단한 일이다. 음서의 혜택을 버리고 직접 과거를 보아 등과한 것이니 출세 길도 빨리 열릴 것이고, 세평도 좋을 것이다.'

어찌 되었든 붙었으니 된 일이다. 김돈중은 조금 마음이 편해졌다.

아쉽게도 이번에 자신이 문제를 알려 주겠노라 약속하고 실제로 문제를 건네주었던 응시자들은 정민을 제외하고는 모두 떨어졌다.

염치 때문에라도 돈을 물어 주어야겠다고 생각하니 조금 속이 쓰려 오는 김돈중이었다.

'임금이라는 자가 되어서 저리 자만하고 통치를 게을리 하니 나라가 이 모양이지…….'

절대 밖으로는 낼 수 없는 말이라 김돈중은 마음속으로만 생각하고 삼켜 버렸다.

이 확정된 명단을 승선 이원응에게 넘겼다.

이원응은 작년에 몸져누워 관직에서 잠시 물러나 있었던 덕분에 정함과 사이가 멀어져 다행히 일전의 일에서 치죄를 당하지 않을 수 있었고, 건강이 좋지 않으나 마음이 두려워 임금이 부르자 억지로 몸을 일으켜 승선의 자리로 다시 나아왔다.

"쿨럭……. 이것대로 발표하면 되는 것이오?"

폐에서부터 끓어 나오는 썩은 기침을 해 대며 이원응이 김돈중에게 물었다. 이원응의 기침이 못내 찝찝해서 김돈중은 그에게서 몇 발짝 떨어져서 대답했다.

"그러시면 됩니다."

"알겠소."

이원응의 얼굴에는 이전에는 없던 검버섯이 피고, 피부색은 노랗게 죽어 있었다. 실로 삶이 얼마 남지 않은 자의 모습이었다.

김돈중은 순간 그 모양이 안쓰럽다가도, 그가 예전에 정함과 붙어먹으며 국정을 농단했던 모습이 생생한지라 잘된 일이라 마음속으로 여겼다.

이원응은 김돈중과 더 대화를 나눌 여력도 없는지, 앉은 채로 사람을 불러 명부를 넘기고 그대로 발표하고 사령(使令)을 합격자의 집마다 보내어 홍패(紅牌, 과거의 합격증서)를 하사하라고 일렀다. 그러고서는 억지로 노비의 부축을 받아 일어나서 가마에 실려 집으로 향했다.

'한때 그 권력이 하늘을 찌를 것 같았던 이원응이나 이제는 정함도 없고, 김존중도 없고, 조정 사방에서는 고립된 채로 늙고 찌들었구나. 내 저런 꼴이 절대로 되지는 않을 것이다.'

김돈중은 이원응의 뒷모습을 보면서 혀를 끌끌 찼다. 자신도 이제는 집으로 돌아가서 좀 쉴 생각이었다.

돌아가서 정민에게 좋은 궤짝에다가 패물을 싸서 등과

를 축하하는 선물을 보낼 계획이었다. 아깝기 그지없으나 이번 일에 미안함도 조금 있고 하니 생색이나 좀 내고 관계가 틀어지지 않게 잘 잡아 두어야겠다고 김돈중은 마음먹었다.

❖ ❖ ❖

동당시가 모두 끝난 그 이튿날.

개경의 궁문(宮門) 앞에 과거 합격자의 명단이 붙었다. 스물아홉 명이 동당시에서 등과하였고, 그 성적에 따라서 갑과(甲科), 을과(乙科), 동진사(同進士)의 순으로 이름이 적혔다. 갑과에 이름이 적힌 자는 3명으로, 장원은 최효저(崔孝著), 그다음이 조영인(趙永仁), 최선(崔詵)이었다. 을과는 모두 7명으로 윤종창(尹宗諹), 유공권(柳公權) 등의 이름이 있었다. 이 10명을 제외한 나머지 19명은 동진사였다. 정민은 동진사 명단 가운데에 이름이 있었다. 동진사는 석차 순대로 이름이 적혀 있지 않으므로 정확히 어느 정도 수준으로 붙었는지는 알 수 없었으나, 어찌 되었든 정민도 급제자 명단에 이름이 올라간 것이다.

발표가 되었으니 합격을 한 줄 알고 있는 정민이었으나, 어찌 되었든 조정에서 나온 사령이 홍패를 전달하기를 집에서 기다려야만 했다.

보통 경내(京內, 도읍 안)의 합격자들에게는 발표가 끝나고 반나절 뒤쯤이면 사령이 일찌감치 도착한다. 관례상 이 사령을 대접하기 위해 주안상 정도는 마련해 놓는 것이 예였는데, 정 씨 집안에 돈이야 지금 모자랄 것이 없으므로 좋은 고기와 술을 장만해서 마당에 연석(宴席)을 차려 놓고 기다렸다. 정서도 그 자리에 나와서 눈에 띄게 기분 좋은 얼굴로 정민과 함께 앉아 있었다.

"사령입니다……!"

문 앞을 지키고 있던 집안의 사병(私兵)이 큰 소리로 외쳤다. 곧 문이 열리고, 말을 탄 사령이 집 안으로 들어왔다. 그는 말에서 내려 정서에게 꾸벅 읍을 하여 인사를 하고서는, 허리춤에 차고 온 두루마리를 펼쳐 들고서는 말했다.

"칙명이오. 예를 갖추시오."

사령의 말에 정서와 정민을 물론이고, 집 안에서 있던 모든 가복(家僕)이 무릎을 꿇었다. 사령은 두루마리에 간단하게 적힌 임금의 칙유를 읊었다.

"이 좋은 가절(佳節)에 예부시에 급제하여 진사(進士)가 되었으니 짐이 인재를 얻게 되었다. 참으로 축하할 일이도다. 짐은 호부시랑 정서의 자(子) 정민에게 홍패를 사여(賜與)하니, 그대는 삼가 이를 받들라."

사령은 그렇게 임금의 칙명을 읊고서는 옥합을 하나 정민의 앞으로 건네었다.

"홍패가 담겨 있는 옥합입니다. 받으십시오."

정민은 어찌 되었든 임금이 내리는 것이라고 하니, 남의 시선을 봐서라도 맘에 없는 예를 갖추어야 했다.

궐전을 향해서 절을 여러 번 하고서는 얼굴에 억지 감동을 그려 넣고서 옥합을 공손히 받았다. 옥합을 열어 보니, 과연 붉은 종이 위에 금박으로 글이 입혀진 화려한 홍패가 나왔다.

칙명(勅命) 준사(准賜).

동래현(東萊縣) 학생(學生) 정민(鄭敏).

동진사출신자(同進士出身者),

경진년(庚辰年) 삼월(三月) 모일(某日).

지공거 정삼품 예부상서 은청광록대부(銀靑光祿大夫) 김돈중.
동지공거 정이품 중서시랑평장사(中書侍郞平章事)
특진(特進) 최윤의.

홍패의 내용은 생각보다 간략했다.

이 한 장을 받기 위해 많은 사람들이 그리도 고생을 하는가 생각했더니 정민은 입맛이 썼다.

그러고 보니 자신도 지난 반년여간 적잖이 힘들었던 것 같았다. 그동안 공부를 잘 돌보아 준 김정명에게 패물을 보내 감사한다는 말이라도 전해야겠다고 생각했다.

사령은 그사이 이미 연석에 앉아서 고기를 뜯고 술을 기울이고 있었다. 이미 예전에 홍패를 가져온 사량을 대접하는 것이 너무 과다하다고 하여 궁으로 합격자들을 모아 홍패를 내리자고 하는 안이 나온 적이 있었다.

그러나 그때에 홍패를 직접 집으로 가져가서 내리는 것은 비단 합격자에게만 기쁜 것이 아니라 그 고을과 가문에도 영광스러운 일이라고 하여 그러한 요식적인 행사를 계속 유지시켰던 것이다.

"잘되었다. 축하한다. 이제는 이 애비가 네가 빨리 관직을 제수 받을 수 있도록 힘을 써 보마."

"하시는 김에 김정명도 구제를 해 주셔야 합니다. 그가 아니었으면 김돈중이 허튼 문제나 던져 준 상황에서 붙을 수가 없었을 것입니다."

"당연한 일이다."

정민의 말에 정서가 고개를 끄덕였다.

"올해의 《동년록》에 올라가는 이름들을 눈여겨 봐 두었다가, 이들을 네 편으로 삼아야 한다. 네가 관직에 올라간 다음에는 최대한 이들을 끌어 줄 수 있도록 해야 하고, 견제보다는 힘을 합치는 것이 보다 좋을 것이다."

동년록이란, 그 해의 과거 급제자의 이름만을 모아 그 집안의 내력과 이력을 적은 일종의 첩(牒)을 말한다. 이렇게 함께 과거에 붙은 자들은 동기이니, 이 동년록에 이름이 함께 오른 영광은 평생 같이 나누어 가지는 것이었다.

"유념하겠습니다."

"본래는 과거에 급제하면 처음 받는 직위가 경관직이 될 수도 있고, 외관직이 될 수도 있다. 마땅히 지방으로 나도는 외관직 보다는 조정에서 친신(親臣)이 될 수 있는 경관직이 나을 것이다. 본래는 구품이나 팔품으로 한림원이나 예문관 등의 한직에 처음 나아갈 것이나, 네가 음서로 관직을 나갈 수 있음에도 과거를 보았으니 이를 참작해 달라 주청하여 최소한 칠품 벼슬로는 시작하게 내 신경을 쓸 것이다."

"하루 빨리 관직에 나아가 아버님에게 보탬이 되도록 하겠습니다."

"무슨 소리를 하느냐. 나는 벌써 늙은 나이이고 앞으로는 큰 욕심이 없으니 오히려 내가 네게 보탬이 되어야 할 것이다. 너는 대단한 재주가 있고 크게 될 인물이다. 나는 그리 믿어 의심치 않는다. 내가 너를 거둔 것은 내가 아들이 없기도 하였거니와, 너의 기품이 정갈하고 인재임을 알아보았기 때문이었다. 뛰어난 아들을 보는 재미로 내 목숨이 허락하는 한 너를 도울 것이다."

정서가 정민의 어깨를 두드리며 말했다. 정민은 마음이 조금 따스해져 오는 것을 느꼈다. 그러고는 처음 고려 땅에 떨어져 막막하기 그지없었던 때를 떠올렸다. 벌거벗은 몸으로 잡혀서 노비로 끌려가던 때를 말이다.

그런데 이제는 가족이 있고 과거에도 급제했으며, 자신을 따르는 사람들이 있었다. 이것을 지키기 위해서 정민은 수단과 방법을 가리지 않을 것이다. 소중한 것을 다시는 손에서 놓치지 않고자 정민은 다소 냉정하더라도 앞을 가로막는 자들을 쳐 내며 나아갈 마음의 준비가 되어 있었다.

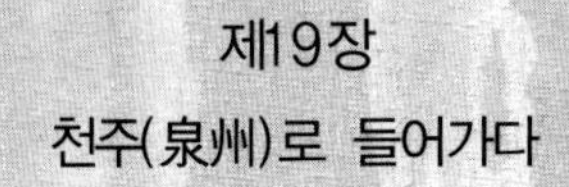

제19장

천주(泉州)로 들어가다

천주(泉州).

남송(南宋) 복건로(福建路)의 주요한 항구도시인 이 고을은 진강(晉江)이 바다로 들어가는 하구(河口)에 위치한 절혜의 포구였다.

송나라가 건국되기 전, 오대십국(五代十國)의 시대에 복건에 세워진 민(閩) 나라의 왕심지(王審知)는 바다에서 온갖 재화를 모으기 위하여 상인들이 그의 나라에 들어오기를 간절히 기원했다.

그는 휘하의 관료들에게 상업을 보호하고 상인들을 불러 모으라 명하였으나 일이 뜻대로 되지를 않았다. 복건

지역 앞바다의 파도는 매우 높고, 바닷길이 험하여 배를 몰고 선뜻 오고자 하는 이들이 없었던 것이다.

그러나 전설에 따르면, 하늘이 왕심지의 간원(懇願)을 어여삐 여겼는지, 하루아침에 폭풍우가 몰려오고 천둥번개가 땅을 때리더니 갑자기 대지가 솟아올라 천혜의 항구가 생겼다고 한다. 그것이 바로 천주에 감상항(甘棠港) 생긴 내력이다.

물론 이것은 전승일 뿐, 실제로는 오랜 세월 천주는 남쪽 변방에 치우친 조그만 항구를 낀 성읍에 지나지 않았다.

그러나 송조(宋朝)가 세워지고, 강남(江南)과 복건 지역에도 많은 인구가 이주하고 농경과 상업이 융성하면서 천주도 더불어 발전하기 시작했던 것이다. 정강의 변으로 송나라가 개봉(開封)을 비롯한 회수 이북의 옛 영토를 모두 금에게 잃고 남쪽의 항주(杭州, 임안)로 천도를 한 것은 나라로 보았을 때는 재앙이었으나 천주에는 기회가 되었다.

경제의 중심이 완전히 남쪽으로 옮겨 옴에 따라서, 동남방에 치우쳐 있던 이 항구는 나라 전체에서 보아도 매우 중요한 항구로 그 지위가 격상되었던 것이다.

북송 초엽에는 대외무역을 관장하는 시박사(市舶使)조차 설치되어 있지 않았던 천주였다. 그 뒤로 항구가 발전하여 신종(神宗) 때에 천주의 태수 진칭(陳偁)이 시박사의 설치를 탄원하였으나 조정에서는 비답을 내리지 않았다.

그 뒤에 호부상서 이상(李常)이 재차 시박사를 천주에도 둘 것을 요청하여 겨우 설치가 되었으나, 그나마도 금방 폐지되었다. 이렇게 여러 차례 폐지되었다가 열리기를 반복했으나, 송조가 남쪽으로 천거(遷居, 자리를 옮김)한 뒤로는 결국에 시박사가 다시는 폐지되지 않게 되었고, 천주의 대외무역이 흥성하게 되었던 것이다.

천주가 속한 복건로는 토지가 척박하고 지세가 매우 험한데 인구는 많았다.

농경에는 품이 많이 들었고, 산지를 개간해 가며 고된 노동을 해야만 했다. 때문에 먹고 살기 위해 복건 사람들은 쟁기를 버린 뒤 두건을 쓰고 상인이 되었다. 그들은 입지가 좋은 진강 하구의 천주 감상항으로 몰려들어 제각기 여러 품목의 상거래에 종사하기 시작했다.

천주는 '사해(四海)의 배가 모두 모여드는 곳' 이라는 별명을 얻었고, 바다를 건너 온 외국 사람들이 많이 산다고 하여 번인항(蕃人巷)이라 불리기도 하였다.

금의 등장과 함께 고려, 일본과의 무역도 일시에 퇴조를 겪었으나, 그럼에도 불구하고 천주는 여전히 국제무역의 주요한 요충지로서의 지위를 잃지 않았다.

남쪽 바다에서 남만(南蠻) 여러 나라의 상인들이 배를 몰고 들어오고, 대식국(大食國, 아라비아) 상인들도 천주항에 입항하고 있었다. 송 조정에서 고려에 대한 출선을 칙령으로 내린 영향이 아직 남아 있으나, 모험심 강한 천주 상인들은 고려로 몰래 왕래하고 있었다.

"고려 상인들은 대체로 천주까지는 내려오지 않고 가까운 명주(明州, 現 저장성 닝보[寧波])로 갑니다. 본래 고려 사람들이 송에 와서 무역할 때는 명주에서 하는 것이 관례에 가깝지요. 그만큼 오랜 세월 그들과 거래를 터온 상인들도 있고, 여러모로 편리가 있습니다. 다만 이 항구에 새롭게 진입하여 기존의 상인들과 경쟁하는 것은 너무 어렵지요. 반면에 저기 제 손 끝에 걸린 항구는 말입니다……!"

이제는 동래 행의 여러 행수 가운데 하나가 된 천주 사람 하두강은, 천주 감상항으로 향하는 뱃전에 서서 희끄무레하게 바다 저 끝에 걸려 있는 항구를 가리켰다.

그의 곁에는 벽란도 상인으로, 역시 동래 행의 행수가 된 오저군이 서 있었다. 오저군이 심각한 표정으로 듣고 있는 것을 보더니, 하두강은 살짝 얼굴에 웃음을 띠우고 서는 말을 이었다.

"신천지지요. 신천지입니다. 모든 기회가 열려 있어요. 이곳 천주에서는 여전히 고려로 가는 배들이 있습니다. 유명무실해지고 있다고 하나 여전히 정부에서 회수 이북으로는 배를 몰아서 거래를 하지 말라는 금령(禁令)이 있어요. 그런데도 천주 상인들은 그 북쪽 바다로 들어가 벽란도까지 항행을 했던 것입니다. 그러나 고려에서는 천주로 오지 않지요."

"우리가 천주에 간다면 천주에서 고려로 출항하는 상인들이 우리를 위협하지 않겠습니까?"

"너무 걱정하지 마십시오. 오히려 반길 수도 있습니다. 아시다시피 천주에서 고려로 가는 상인들의 비중은 전체를 놓고 보면 크지 않아요. 오히려 남만의 번국들과 무역하는 데에 종사하는 자들이 훨씬 많습니다."

"그렇습니까."

"진랍(眞臘, 크메르), 점성(占城, 월남중부) 따위의 나라들이 저 남쪽 바다 너머에 있습니다. 험한 바다를 헤치고 천주 상인들이 그들 나라에도 들어가서 온갖 재화를 교역하여 다시 올라옵니다."

하두강은 이번에는 남쪽을 가리키며 말했다.

"그렇습니까? 부디 우리 거래가 잘 성사되길 빌 뿐입니다."

오저군이 대답했다. 그는 진심으로 이번 천주상행이 큰 성공을 가져다주기를 바라고 있었다.

벽란도의 무역이 점차 쇠퇴하면서 그는 한때 큰돈을 주무르던 거상에서 그저 그런 거간꾼으로 몰락했었다. 그런데 정민이라는 귀인을 만나서 이제 큰 기회를 얻게 되었으니, 그는 반드시 이번 상행에서 성공하겠다는 각오가 있었다.

천주와 고려를 오고 갈 때, 배는 계절풍을 고려하여 11월쯤 출항하여 북동계절풍을 타고 벽란도에서 서남방으로 항해하여 천주에 들어가고, 돌아올 때는 3월쯤의 초여름 남서계절풍을 타고 동북쪽으로 항해하여 고려로 돌아간다. 대략 4개월가량을 천주에서 머물게 되는 것이다.

계절풍을 무시하고 항해하는 것은 큰 모험이었고, 특히 3월을 지나 4월이 되면 여름이 시작되고 바다에 구풍

(颶風, 태풍)이 몰아치므로 항해하는 것이 큰 위험이었다.

그래서 일본이나 동여진 같은 근해의 지역에 항해하는 것과 다르게 천주로 갈 수 있는 시기는 제한이 있는 셈이었다.

따라서 이번처럼 한 번에 10척에 달하는 대선단을 꾸려서 많은 물건을 싣고 한 번에 큰 장사를 해야 했다.

성공한다면 막대한 이문이 돌아올 것이오, 실패한다면 큰 손해를 입을 것이다. 오저군은 멀리 천주의 항구가 보이자 복잡한 심정이 되었다.

"너무 걱정하지 마시오, 오 행수. 일이 다 순리대로 잘 풀릴 것이오. 내 천주에서는 그래도 인맥이 넓으니 혹여 문제가 생기더라도 잘 해결을 보리다."

오저군이 걱정하는 것이 눈에 보였는지 하두강이 다독였다.

어느새 10척의 배는 진강의 하구로 들어가 하구의 북쪽에 위치한 감상항으로 접어들고 있었다. 항구 너머로 보이는 그 유명한 개원사(開元寺)의 쌍탑(雙塔)을 보는 오저군의 몸이 떨려 왔다.

진짜 천주에 도달한 것이다. 이곳이 오저군의 명운을

가르는 큰 전장이 될 것이었다.

"하두강이! 이게 얼마만이야!"

"고려로 들어가서 살겠다고 하더니 이제 아주 10척이나 되는 배를 끌고 도로 천주로 들어오다니, 이게 무슨 일이야?"

"이거, 원. 옷도 아주 고려 사람처럼 입고 나타났구먼?"

유명한 낙양교(洛陽橋)라는 북송 때 세워진 돌다리가 천주의 시가지와 면한 곳에 하두강이 한때 동업했던 사람들이 여전히 경영하고 있는 두뉴(斗紐, 일종의 상업 조합)의 건물이 있었다.

이들은 모두 천주 인근의 작은 고을인 덕화(德化) 출신으로, 가난한 고향을 벗어나 일찌감치 장사를 하고자 결의하고서, 각기 10만 전의 돈을 모아 두뉴를 결성했다. 이들은 광주(廣州)를 오고 가면서 수운(水運)과 상거래를 동시에 했고, 처음에 투자한 밑천은 그대로 둔 채로 이익만 매년 결산 받아 서로 각기 자본을 불렸다.

하두강은 이렇게 불린 돈으로 고려무역을 시작하여 그들 가운데에서도 가장 큰 돈을 벌고 성공했던 것이다.

이후 하두강은 은퇴를 하여 이 두뉴에서 나왔지만, 여전히 평생을 함께한 친구이자 동업들이 모두 여기 있었다.

"그래, 다시 이 천주에서 장사를 하겠다고 온 것이라고? 다시 우리 두뉴에 들어올 텐가?"

두뉴의 좌장격인 이흡(李洽)이 하두강에게 물었다. 하두강은 고개를 저었다.

"나는 고려에서 남은 평생을 살기로 했네. 원래는 조용히 장기나 바둑이나 두면서 여생을 보내려 했는데 큰 장사를 해 볼 기회를 얻는 바람에 그만 몸이 가만히 있지를 못하게 되었네. 그래서 내 천주의 시장을 뚫어 주겠노라고 호언장담하고 10척의 배를 끌고 왔는데, 어떤가?"

"시박사에서는?"

"아직 장사를 허락해 주지 않았네. 물품의 목록을 작성하면서 항구에 배를 계류시켜 놓고 있네."

"으음……. 시박사에다가 힘을 써 주고 우리가 물품을 사 달라?"

이흡의 머리가 빠르게 굴러갔다.

하두강은 늘 믿을 만한 사람이긴 했었다. 그는 돈을 거래하는 데에 있어서 한 치 계산이 틀리는 법이 없었다. 더군다나 하두강이 두뉴의 경영을 맡고 있을 때에 그들의 두뉴는 가장 큰돈을 벌어들였다. 그만큼 하두강의 신용에 대해서는 누구보다 잘 알고 있는 것이 그들이었다.

"아직 시박사에 줄이 닿는가?"

"그게 지금 복건로의 전운사(轉運使)가 바뀌었네. 바로 몇 달 전에 말이야. 서로 선이 닿고 싶어서 지금 안달을 내고 있으나, 아직 그와 대면한 사람이 없네."

"그런가? 이거 골치 아프게 됐구먼."

하두강의 표정이 굳었다. 천주 시박사의 최종 책임자는, 바로 천주가 소재하고 있는 복건로의 재무를 담당하는 전운사였다.

시박사가 소재하는 로의 전운사는 보통 이 시박사의 제거시박사(提擧市舶司)를 겸임하고 있었다. 천주의 경우에는 바로 복건로의 전운사가 바로 천주의 제거시박사인 것이다. 때문에 천주의 거상들은 전운사와 관계를 잘 맺어 두는 것이 중요했다.

그의 판단에 따라서 박래(舶來, 외국에서 들여온) 물품의 판매에 있어서 세금이 붙는 것이 달라지기 마련이었다.

운이 좋다면 거의 일종의 관세라고 할 것도 없이 들여와 팔 수 있었고, 전운사와 관계가 나쁘다면 4할이나 되는 관세가 붙기도 일쑤였다. 물론 여기에는 맹점이 있었는데, 이 돈의 대부분은 조정으로 환속되는 것이 아니라, 전운사의 개인 주머니로 들어간 다음에 천주의 지주(知州, 주지사)나 통판(通判)같은 관계자와 중앙의 고위관료에게 뇌물로 사라진다는 것이다.

그만큼 전운사는 돈이 되는 자리였고, 상인들은 그에게 뇌물을 먹여서라도 좋은 관계를 유지하고자 했다. 그런데 문제는 전운사는 당연히 종신직이 아니고, 주기적으로 중앙의 명령에 의해 사람이 교체되는 자리라는 것이다.

사람이 바뀌면 관계를 새로 쌓아야 한다. 두뉴의 힘을 빌려 볼까 했던 하두강으로서는 머리가 아파지는 일이 아닐 수 없었다.

"그래서 지금 전운사가 대체 누군가?"

"왕회(王淮)라는 자일세."

이흡이 대답했다. 하두강은 기억을 한참 뒤져 보다가 말한다.

"누군지 이름을 들어 본 기억이 없네."

"이제 나이 서른다섯일세. 스무 살에 진사가 되어 출세가 좀 빨라서 벌써 전운사까지 오른 게지. 자네가 한창 천주에서 활동할 무렵에는 그 이름이 세간에 알려졌을 사람이 아닐세."

"더 말해 보게. 뭘 알아야 노려 보지."

"대단한 건 없네. 무주(婺州, 現 저장성 진화시) 사람인데, 관직을 별 대단하게 역임한 것은 없고, 이전에는 태주(台州, 現 저장성 린하이시)의 임해위(臨海尉)를 역임한 것이 전부일세. 이제 막 부임한 지 삼 개월이 되었는데, 성정이 깐깐하고 사람을 사귀는 것을 즐겨 하지 않네. 그리고 애지중지하는 어린 부인이 있는데 지금 시름시름 앓고 있다고……."

"부인이 앓고 있다고?"

"그렇게 들었네만."

이흡의 말을 들은 하두강의 머리가 빠르게 회전했다. 그는 부인에 관련된 것을 노리는 것만이 유일한 돌파구임을 알아차렸다.

"내게 고려 인삼이 있네."

"정말인가……?!"

인삼은 귀한 약재로 부르는 것이 값이었다.

아직까지 재배에 성공한 바가 없어서 오로지 깊은 산에서 캐야만 했고, 송나라 강역 안에서는 구하기가 하늘의 별따기와 같았다.

그나마 인삼이 나는 것이 고려 땅이었고, 이 고려 인삼은 송에 들어오면 황금과 같은 값어치로 거래되고 있었던 것이다. 하두강과 오저균은 천주로 오기 전에 재배를 시도해 볼 삼과 송에 가져가서 팔 삼을 일 백 뿌리를 구했고, 그것을 전국에 수배해 사들이는 데 두어 달을 소모하고 은병 2천 근을 투자했었다. 그 결실을 이제 볼 때가 되었다.

"그것도 백삼(白蔘)이 아니라 홍삼(紅蔘)일세."

하두강이 그렇게 말하며 씩 웃었다. 이흡의 눈이 휘둥그레졌다.

"그게 뭐가 다른가?"

"홍삼은 가마에 쪄서 만든 것으로 그 색이 붉게 변하며 오래 보존할 수 있고, 약효 또한 더욱 좋네. 고려 개경삼(開京蔘)의 최고봉이라 해도 좋네."

서긍(徐兢)은 《고려도경(高麗圖經)》에서 백삼과 홍삼을 비교하면서 백삼이 좋기는 하나, 홍삼이 더 보존성이 있다고 평한 바 있었다. 하두강은 홍삼이 더욱 값어치가 있다고 생각하여 구한 삼의 절반 이상을 홍삼으로 쪄서 가지고 왔던 것이다.

"흐음, 그런데 홍삼을 주어도 전운사의 처가 낫는다는 보장은 없지 않은가?"

"그야 낫지 않더라도 상관없는 일이지. 인삼이 만병통치는 아니잖은가? 천주 저잣거리에다가 전운사의 아내가 앓는 병에는 고려 인삼이 치료약이요, 그것을 이번에 들어온 고려 상인들이 가지고 있다고 소문을 내주게. 돈이 좀 들어도 상관이 없네."

하두강의 말에 이흡이 씩 웃었다.

이흡은 소문을 내는 데는 재주가 있었다. 그는 시장통을 중심으로 소년들에게 돈을 쥐어 주고 거리를 오고 가면서 이런 내용을 담은 노래를 부르게 했다.

많은 사람들이 웃으며 당연히 고려 상인들이 소문을 냈다고 생각했지만, 지푸라기라도 잡는 심정인 복건전운사 왕회에게는 다르게 들릴 것이다.

그렇게 며칠이 지나자, 시박사에서 관헌이 나와서 하두강을 찾았다. 하두강은 오저군을 불러 함께 복건전운사 왕회를 찾아갔다.

젊은 전운사는 수염이 거의 자라지 않았고, 성격이 메말라 보이는 사람이었다. 그는 퀭한 눈으로 하두강과 오저군을 번갈아 보더니, 말이 통하는 하두강에게 물었다.

"듣자하니…… 원래 천주 사람이라고?"

"정확히는 덕화 사람입니다."

"그런 것은 아무래도 좋은 일이지만, 꽤나 저열한 소문을 내었더군. 본관은 상당히 불쾌했네."

하두강의 소문 따위에 혹할 정도로 어리석은 자는 아닌 모양이었다.

과연 젊은 나이에 진사시에 합격하여 관가에 나아간 수재다웠다. 물론 그 뒤로 관운이 그다지 따라 주지는 않은 모양이었지만 말이다.

"송구합니다."

"나는 아내의 병이 중병임을 알아서 치료가 될 것이라 믿지 않네. 그렇다고 당장 죽을병도 아니라 저렇게 앓고 있는 것이 삼 년 째요, 그 때문에 내 자식도 보지 못하고 있네. 그런 마당에 내 모친이 저잣거리에서 나는 소문을 듣고 나를 닦달하여 인삼을 구해 오라고 하지를 않는가? 내 효(孝)를 하지 않을 수 없으니 참으로 곤란하게 되었네."

어머니가 아니었다면 절대로 이런 편의를 봐 주지 않았을 것이라는 이야기였다. 그는 지금도 내키지 않는다는 듯이 하두강을 노려보고서는, 이번에는 오저군에게 시선을 옮겼다. 그러고는 하두강에게 말한다.

"그대가 저 고려 상인에게 내 말을 옮기게."

"예."

하두강이 대답하자 왕회가 오저군에게 질문을 한다.

"그대는 고려에서 혼자 장사를 하는가? 아니면 누구를 섬겨 대신하는가?"

"귀인을 섬겨 장사를 합니다."

"그게 누군가?"

"동래 정 씨 가문입니다. 가주되시는 분은 예부시랑(禮部侍郎)이시고, 아들 되시는 분은 지금 관직에 나아갈 준비를 하고 계십니다."

"오랑캐 나라 주제에 황제국의 제도를 베껴 예부니, 시랑이니 운운하다니……."

오저군의 말을 듣고서 왕회는 눈살을 찌푸렸다. 하두강은 눈치껏 이 말을 옮기지 않았다. 왕회는 다시 입을 열어 오저군에게 질문을 계속했다.

"고려 인삼이 귀한 약재라는 이야기는 누차 들었다.

그런데 그것의 진짜 효능이 어느 정도인가? 솔직하게 대답하지 않으면 장사를 허하지 않고 추방을 할 것이다."

"진실로 말씀드리건대, 만병통치의 약재는 아니옵니다. 다만 그 모습이 사람의 형상을 닮아 허기(虛氣)를 치료하고 기운을 북돋우며, 사람의 혈을 틔워 주는 효험이 있기는 합니다. 그러나 무엇보다도 인삼의 신통한 효능을 믿음으로써 스스로 환자의 몸이 치료되는 것이 가장 클 것이라 생각합니다."

"한마디로 보장은 할 수 없다는 이야기이군. 그러리라 생각은 했다. 내 아내는 아이를 하나 유산한 뒤에 기운이 허해져서 제대로 일어나 걸을 수가 없게 되었다. 인삼 같은 것을 먹는다고 해서 나을 리가 없으나, 모친이 강권하고 있으니 인삼을 구해 가지 않을 수 없게 되었다."

왕회는 화가 나는 것을 간신히 참고 있는 표정이었다. 그의 얼굴에는 시름이 잔뜩 끼어 있었다.

"우선 전운사 대인께 드리고자 가장 상품의 백삼과 홍삼을 두 뿌리 씩 가지고 왔습니다."

왕회의 눈치를 보던 하두강이 지금이 인삼을 꺼낼 시점이라 생각하여 인삼을 넣어 비단보를 싼 칠기 상자를 왕회의 앞에 바쳤다.

왕회는 그것을 열어 보고서는 실한 인삼 뿌리를 보고서는 찌푸린 눈을 살짝 풀었다.

"과연 이름난 약재기는 하구나. 향 또한 그윽하도다."

"고려 땅에서 나는 것 가운데 가장 귀한 것이옵니다."

"휴우……."

왕회는 인삼을 잠시 살펴보고서는 오른손으로 이마를 짚었다. 고민을 하는 눈치였다.

잠시간의 침묵이 흐르고 나서, 그는 펄럭이는 관복의 소매를 접으며 팔을 괴고서 입을 열었다.

"그대들의 배 10척에 싣고 온 화물에 대한 조사가 오늘 끝났으므로 물품을 하역하여 팔 것을 허락하겠다. 천주에서 그대와 거래를 할 상인의 이름을 적고, 그것을 증빙하는 인장을 찍은 서류를 가지고 오라. 시박사에 내야 할 세는 1할로 받겠다."

"감사하옵니다, 대인!"

하두강과 오저군은 왕회에게 읍을 하며 기쁨함을 숨기지 않았다.

왕회는 그들을 보고서는 고개를 돌리고 손을 휘휘 저으며 내쫓는다.

"그만들 물러가게. 혹여 인삼의 효능이 없다고 하더라

도 내 그대들을 불러다가 추궁하지 않을 것이니, 이만 다시 보지 않았으면 좋겠네."

❖ ❖ ❖

해가 바뀔 무렵, 결국 복건전운사 왕회의 허가를 받아 천주에서 상품을 거래할 수 있게 된 하두강과 오저군은, 작심을 하고 준비해 온 상품을 풀었다.

때마침 소흥(紹興) 30년(1160)의 정월을 맞이하여 천주에서는 시장에 돈이 풍족히 돌고 있었고, 그들이 가져온 물품을 사들일 사람이 많았다.

가장 인기가 좋은 것은 역시 인삼으로, 귀한 약재가 들어왔다는 소문에 천주 사람들이 구경이나 해 보고자 몰려들어 북새통을 이룰 정도였다.

임안의 고관들에게 바치려는 목적으로 부호들이 이를 많이 사 갔으며, 정말로 약재가 긴히 필요한 사람들이 조금 그것을 구해 갔다. 그다음으로 금도안비(金塗鞍轡), 곧 금칠한 안장과 고삐를 갖춘 여진 말이 인기가 좋았다.

이러한 상등품의 말을 보기 힘든 남방 지역이었다.

위세를 부리고자 하는 자들이 관심을 보였으며, 군사적인 목적에 관심을 기울인 군병(軍兵)들이 나와서 말을 살펴보기도 했다.

하두강이 미리 짐작한 대로 두 가지는 송에서 매우 인기가 좋고 잘 팔리고도 남을 것들이었다.

생각보다 의외로 인기가 좋았던 품목도 있었다. 화문석(花紋席)이 바로 그것이었다.

고려에서만 주로 만들어지는 것이긴 하지만, 하두강은 특별히 관심을 두지 않았다. 이것은 오히려 화문석의 가치를 알아본 오저군의 주장으로 싣고 온 것이었다. 물들인 왕골을 직접 손으로 덧대어 겹쳐 가면서 엮은 다음에, 무늬에 따라 잘라 낸 화문석은, 말 그대로 꽃돗자리라 불려도 좋을 정도로 아름답기는 했다.

고려는 좌식 생활이 중심인 나라라 자리에 까는 화문석 매우 귀중하게 여겨졌으나, 입식생활이 광범위하게 퍼져 간 송나라 사람인 하문강은 이 화문석의 가치에 대해 별로 깊이 생각하지 못했던 것이다.

그러나 생각보다 이 화문석의 인기는 천주에서도 매우 좋았다. 자신의 생각이 적중한 것에 오저군이 으쓱해서 하문강에게 술을 사라고 할 정도였다. 하문강은 어안이 벙벙하여 오저군에게 좋은 자리를 대접할 수밖에 없었다.

이밖에도 둘은 고려청자, 칠기 따위도 팔았다. 이러한 것들도 꽤나 쏠쏠한 이문을 남겼다.

그러나 이들이 천주 상인들에게 고루 내놓지 않은 것들도 있었다.

그것은 바로 일본에서 실어 온 목재였다. 열 척의 배 가운데 다섯 척이 모두 이 목재로 가득 채워져 있었다. 큐슈에서 가장 상등품의 나무를 베어다가 그것이 틀어지지 않게 소금물에 절여서 온 귀중한 것이었다.

송나라는 강남의 급속한 개발로 인하여 연료 및 건축재료를 충당하기 위해 숲이 남벌(濫伐)되었고, 그 때문에 좋은 목재가 귀해진 상황이었다.

특히 천주는 남송에서 조선업이 제일가는 도시로써, 일 년에서 백 척이 넘는 배가 건조되는 곳이었다.

이러한 곳이다 보니 늘 나무가 부족하고, 좋은 나무를 사들이고자 하는 수요가 넘쳤다. 하두강은 이런 것을 알고, 서로 관계를 잘 돈독히 하여 앞으로도 돕자는 의미에서 이 일본 목재를 전량 이흡에게 넘겼다.

이흡은 이것을 좋은 값에 사들이고 나서, 기뻐서 하두

강의 손을 잡고 흔들었다.

"고맙네, 고마우이. 이걸 거래하는 것만으로도 우리 두뉴의 1년 치 이문을 남길 것이야. 진정으로 고맙기 그지없네."

얼마나 기분이 좋았는지 이흡의 눈에 눈물이 글썽거릴 정도였다. 하두강은 만족스럽게 웃으면서 이흡에게 말을 한다.

"이번은 시작일 뿐일세. 송상들이 일본으로 건너가 나무를 지금도 많이 구하려 하겠지만, 일본에서도 나무는 귀중한 자원이라 함부로 베지 못하는 것은 알고 있을 걸세. 그러나 내가 모시는 분께서 평씨(平氏, 타이라노 키요모리)라는 유력자와 친분이 있으셔서 공식적으로 나무를 벌채한 것을 사들일 수가 있네. 앞으로 매년 좋은 목재를 구해 올 것이오, 가능하다면 바람이 맞는 때에 여러 개의 선단을 꾸려서 교대로 오갈 수도 있을 것일세. 그렇다면 매우 많은 나무를 천주에 공급할 수 있을 걸세."

"그것을 우리와 계속 거래하겠다는 건가?"

"인연이 좋은 것이 무엇인가. 대신 앞으로 천주에서 우리를 많이 도와줘야 하겠네."

"물론이다마다. 나무만 계속 가져온다면야 못해 줄 것이 없지!"

이흡이 껄껄 웃었다. 그는 하두강의 손을 쥐어 잡고 흔들면서 기쁨을 감추지 않았다.

"나중에는 이 나무로 천주에서 배를 좀 만들어 주게?"

"배 말인가?"

"아무래도 고려 배도 나쁘지는 않지만, 크고 튼튼하며 먼 바다를 오갈 수 있는 배를 만드는 것은 천주의 조선공들이 최고 아닌가?"

"그야 그렇지."

하두강의 말에 이흡이 고개를 끄덕였다. 그것은 자만심이 아니라 사실이었다.

그만큼 천주의 조선술은 송나라에서 제일이었으며, 그것은 천하에서 제일이라는 것이나 마찬가지였다. 이곳에서 만든 좋은 배를 구매하여 바다를 오갈 수 있다면, 그것은 동래 행에 큰 도움이 될 것이었다.

큰 배는 원양의 파도에도 잘 버틸 수 있으며, 큰 돛을 펼쳐 바람을 쉽게 받을 수도 있었다. 움직임이 다소 둔하고 유지하는 데 큰 품이 들어가는 것은 사실이었지만, 많은 물건을 적재하고 넓은 바다를 건널 수 있다는 것은 그것을 상쇄하고도 남는 장점이었다. 고려에서는 아직 이 정도 규모의 배를 만들어 낼 조선술이 없었다.

❖ ❖ ❖

하두강이 물건을 팔아 치우는 동안, 들어오는 돈으로 오저군은 천주에서 각종 물건을 사들이고, 다른 나라에서 온 상인들을 만나서 거래를 틀 방법이 없는지를 수소문하고 다녔다.

뛰어난 수준은 아니었으나 송나라 말을 조금 할 줄 아는 오저군이었다. 예전 벽란도에서도 송상과 고려 상인 사이를 중개하는 일도 하였으므로 천주에서 거래를 하는 데에는 크게 부족함은 없을 정도였다.

"당(糖)을 최대한 많이 사들여야 한다."

오저군이 가장 먼저 매수하고 나선 것은 바로 당, 그러니까 설탕이었다.

지금은 비중이 많이 줄었지만, 오래 저장해 놓고 먹을 수 있는 고급 식품인 청을 담그기 위해 필수적인 재료가 바로 설탕이었다.

고려 땅에서는 나지 않고, 오로지 송나라 남부의 복건

로 일대에서 구할 수 있는 것이다. 기후가 남방의 것이 가깝고, 사탕수수를 상업적 목적으로 재배하는 농부들이 많은 복건로에서 설탕은 매우 귀할 정도는 아니었다. 그 값이 여전히 비싸기는 했으나, 천주의 상인들을 순회하면 수백 포대를 구하는 정도는 일도 아니었다.

복건의 특산품으로 당 이외에도 술, 소금, 그리고 차 따위도 있으나, 이것들은 고려에서도 충분히 생산되는 것이라 오저군은 특별히 이것들을 사들이고자 하지는 않았다.

그보다는 천주 일대에서 생산되는 고급 면직물이 더 값어치가 있었다. 천주 일대에는 상당히 복잡한 수준의 방직기(紡織機)를 사용하는 면직 공방이 매우 많았다. 견(絹), 생견(生絹), 백견(帛絹) 따위의 명주와, 가짜 비단이며 저렴한 가금(假錦), 그리고 진짜 고급비단인 건양금(建陽錦)이 엄청난 양으로 생산되고 있었다.

이것들은 송나라 국내뿐만 아니라, 천주에 들리는 상인들을 통해 국제적으로 팔려 나가는 물건들이었다. 이것들은 당연히 고려에서도 인기가 좋았는데, 고려 상인들이 주로 들리는 명주에서 한 번 중간다리를 거쳐서 거래하는 것 보다, 천주에서 바로 사들이는 것이 이문을 더 남길 수 있는 방법이었다.

'직물을 여기서 사들이는 것도 좋지만, 쉽게 직물을 짤 수 있는 틀을 사들일 수만 있다면, 고려 땅에서도 이것을 생산할 수 있을 텐데…….'

오저군은 면직물도 면직물이지만, 방직기가 무엇보다 탐이 났다.

오랜 세월에 걸쳐서 개량되어 사실상의 기초적인 공장식의 생산이 가능하게 한 송나라의 방직기 수준은 꽤나 고도로 높은 것이었다.

그러나 그만큼 중요한 물품이라 만드는 법이 단단히 비밀에 부쳐져 있고 외부인에게는 절대로 팔지 않는 기계이기도 했다.

이것을 고려 사람인 오저군이 구하는 것은 거의 불가능했다. 운이 좋아 한 대 정도 사들여 간다고 하더라도, 그 복잡한 기계를 분해하여 모방한 다음에 고려에서 직접 만드는 것도 보통 일이 아닐 것이다.

아쉽지만 당장 가능한 일이 아니니 훗날을 기약하는 편이 나았다. 직물을 사들이려 직접 면직물을 만드는 공방들을 방문해 보고자 하여도, 이들은 자기네 공방을 공개하지도 않을뿐더러, 오로지 천주에서 방직물을 취급하는 상인들의 조합인 견행(絹行)을 통해서만 거래를 하려 했다.

"그냥 필요한 직물을 사기만 하면 될 일인데, 어째서 만드는 모습을 보려고 하시오? 절대 아니 되오."

"그래도 한 번만 보여 주실 수 없겠소? 너무 그 품질이 대단하여 궁금해서 그럽니다."

"아니 됩니다. 자꾸 그러시면 물건도 팔지 않겠소."

견행에서 매우 강력하게 나오는 바람에 오저군은 바람을 접어야만 했다.

'아쉽지만 어쩔 수 없지……. 구해 가기만 한다면 필히 정 대인께서 좋아하실 것인데.'

오저군은 좋은 베틀을 사들이기만 한다면 정민이 매우 기뻐할 것이라고 생각했다. 그가 그동안 지켜본 정민은 물건을 거래하는 것에도 큰 관심이 있었지만, 그보다는 남이 흉내 낼 수 없는 귀한 상품을 직접 생산하는 것에 더 주의를 기울이고 있었다.

오저군이 보기에도 그것은 옳은 접근이었다. 상인이 스스로 좋은 물건을 생산하여 그것을 판다면, 그만큼 이문은 극대화 될 것이다.

"……!"

때마침 1160년의 해가 밝아오는 원단(元旦, 설날)이라 천주는 온통 축제 분위기였다. 사방팔방에 색색이 물들인 깃발이 휘날리고, 사람들은 연회를 열고, 술을 마시고, 탈을 뒤집어쓴 광대들이 노는 것을 보고 즐기고 있었다.

오저군은 수행원 몇을 데리고 천주의 밤거리를 거닐다가 갑자기 들려오는 우레와 같은 소리에 황급히 귀를 막고 몸을 숙였다.

"무슨 소리냐!"

"오 행수님. 저, 저기를 보십시오."

오저군은 수행원이 가리킨 하늘을 보고서 깜짝 놀라고 말았다. 아름다운 불의 꽃이 밤하늘에 쏘아져 나가며 타들어가는 비를 땅에 뿌리고 있었다. 별들 사이를 호선을 그리며 퍼져 나가는 그 꽃불을 보며 오저군은 깜짝 놀랐다.

"저게 무엇인가?"

"한 번 물어보겠습니다."

천주 사람들도 그 모양을 구경하며 호들갑을 떨고 있었다.

계속해서 하늘로 쏘아지는 그 불꽃을 보며 그들은 박

수를 치고, 환호성을 지르고 있었다. 그러나 그것을 무서워한다거나 놀라거나 하지는 않는 모양이었다.

"폭죽이라는 놀이라고 합니다."

송나라 말에 조금 능통한 수행 상인 하나가 주변에 서서 불꽃을 구경하는 사람들에게 물어보고서는 오저군에게 그 정체를 알려 주었다.

"폭죽이란 게 도대체 무어냐?"

"화약이라고, 도교 선사들이 연단술로 만든 귀한 가루가 있다고 합니다. 그것을 잘 정련하여 불을 붙이면 불꽃을 날리며 하늘로 튀는데, 그것으로 놀이를 하고자 만든 것이 폭죽이라고 합니다."

오저군은 깜짝 놀라지 않을 수 없었다.

그러고 보니 개경에서도 송나라 상인들이 바친 폭죽으로 임금이 놀이를 했다는 이야기를 들은 것 같기도 했다.

그러나 벽란도의 그저 그런 상인들 가운데 하나이던 오저군이 그러한 임금의 놀이를 구경할 일이 있을 리 없었다.

'대단하다……!'

오저군은 곧바로 하두강을 찾아가서 흥분한 채로 말했다.

"화약을 구해 봅시다!"

갑자기 벌컥 상관의 문을 열어젖히고 들어와, 얼굴이 벌겋게 달아오른 채로 콧김을 내며 황급히 말하는 오저군을 하두강은 진정시키느라 애를 먹었다.

간신히 오저군 자리에 앉혀 놓고 난 다음에 하두강은 오저군을 실망시키는 대답을 내놓았다.

"절대 팔지 않는 품목이오. 구하는 것이 불가능할 것이오?"

"왜입니까?"

"화약은 단순히 놀이를 위해 만드는 것이 아니요. 전쟁에서도 유용하게 쓰일 수 있소. 종이에 화약을 빻아 넣어서 만 다음에, 그것에 불을 붙여 적군에게 던지는 식으로 말이외다. 금나라와 상시로 전투를 벌이고 있는 지금에 화약은 나라에서 가장 중요하게 취급하는 물자 가운데 하나요. 함부로 외부에 그것을 팔다가는 크게 경을 치는 수가 있으니 아무도 팔려고 하지 않을 것이오."

"제조 비법이라도 구할 수는 없소?"

오저군은 그래도 아쉬운지 포기를 하지 못하고 있었다.

"방법이 없소."

"내 송나라에 온 뒤에 이런저런 생각이 많아졌습니다. 송이 대국이라 산물이 풍족한 것이라 생각했는데, 기괴한 방법으로 생각지 못한 것을 많이도 만드는 것을 알았습니다. 필히 이러한 것들이 고려에도 제대로 전래된다면 능히 백성을 편안케 하고 나라를 튼튼하게 하는 일에 쓰일 것입니다. 무엇이라도 고려를 위해 구해 갈 방법이 없겠습니까?"

"휴……."

하두강은 한숨을 쉬었다. 그로서는 뾰족한 방법이 생각나지 않았다.

그는 원래 고려 사람도 아니고, 앞으로 살아갈 땅으로 고려를 선택하기는 하였으나, 뼛속부터 상인이라 거래를 해서 이문을 남기는 것 이외의 것은 별로 생각하고 싶지 않았다.

오저균이 어찌 저렇게 불필요한 일까지 사서 하려는 것인지 그로서는 이해가 가지 않는 것이다.

"화약이나 베틀 따위의 개략을 알 수 있는 서적이라도 구할 수는 없겠습니까?"

"심괄(沈括)이라는 선인(先人)이 저술한 《몽계필담

(夢溪筆談)》이라는 책이 있긴 하오만. 그것은 구하자면 구할 수 있을 것이오."

심괄의 《몽계필담》은 북송 말기에 쓰인 일종의 백과사전이었다.

심괄은 본래 다양한 분야에 관심이 많아서 그가 보고 듣고, 조사한 것을 한데 모아서, 문예(文藝), 역사, 정치는 물론이거니와 수학, 물리, 생물, 약학(藥學), 기술, 천문, 지리에 이르기까지 다양한 분야의 알려진 내용들을 그 책에 담았다.

"그것이라면 좋습니다. 반드시 구해 주십시오. 내 그것을 들고 가서 나리와 상담을 해 봐야겠습니다."

오저군은 각오가 단단했다.

천주에서의 시간도 빨리도 지나가 어느덧 3월이 되었다.

서남풍이 동북방으로 불어 가기 시작한 것을 확인한 하두강은 이제 출항을 할 때가 되었음을 알았다.

이 계절에는 고려로 돌아가는 배들이 송을 출발할 뿐

만 아니라, 고려로 가고자 하는 송나라 상인들이 고향을 떠나는 시기였다. 고려로 가는 배들뿐만 아니라, 바다 멀리 나가는 무역선들은 대부분이 이러한 계절풍에 의존하였으므로, 천주에서는 이 바람이 불어 가는 방향에 대해 매우 민감했다.

시박사 관리들은 바람의 방향이 바뀔 때를 보아 두 번의 제를 지냈다.

하나는 남서풍이 불어오기 시작하는 삼사월로, 이때는 북동쪽으로 가는 배는 나가고, 남만에서 올라오는 배는 들어오는 때였다. 또 다른 하나는 11월 무렵으로 북서풍이 불어오는 때였다. 이때에는 바람을 타고 북쪽에서는 배가 내려오고, 남쪽으로 가는 배는 출항을 했다.

천주에는 이 무사한 항해를 기원하는 제를 천주성 서문(西門) 밖 구일산(九日山)에 자리한 연복사(延福寺)에서 지냈다.

이때에는 시박사의 관리들뿐만 아니라, 천주의 지주(知州)와 그 속현들의 지현(知縣)들, 그리고 바다로 나아가는 상인들이 참여했다.

하두강과 오저균 또한 출항하기 이전에 이 제례에 참여하여 바다를 수호한다는 마조신과 신령들에게 무사한 항해를 기원했다. 향을 사다가 공물을 바치고 은금을 연복사에 희사하여 마음을 편히 하고자 했다.

오랜 세월 배를 탄 상인들이었으나, 그래도 바다는 무서운 법이다. 언제고 거친 풍랑이 그들을 덮쳐 아무도 모르게 깊은 바다 속에 수장을 해 버릴 수 있으니 늘 두려운 것이다.

"인삼의 탓인지는 모르겠지만, 아내의 병이 차도가 조금 보였다."

제례를 마치고 각기 공물을 올리며 기원을 올리는 도중에, 복건전운사 왕회가 하두강과 오저군에게 다가와 말을 걸었다.

"그렇다니 정말로 경하드릴 일입니다."

"고맙다고 하지 않으면 아니 되겠지."

왕회는 관리의 체통을 지키려 하는지 여전히 뻣뻣했으나, 그의 얼굴에는 살짝 고마운 마음이 드러나 있었다.

"천주에서 거래를 하는 동안 편의를 봐 주신 것에 감사드릴 따름입니다."

"내년에도 그리해 주겠다고 보장은 못한다."

왕회는 그렇게 말하고서는 자리를 떴다.

그러나 사람을 상대하는 일만 수십 년을 한 하두강과

오저군이었다. 그들은 서로를 바라보며 씩 웃었다. 왕회가 저리 말하지만 내년에 다시 배를 몰고 왔을 때 분명히 어떠한 식으로라도 도움을 줄 것이었다.

"인삼이 우리를 구했소."

"정말로 약효가 있었던 걸까요?"

"그것은 모르는 일 아니겠소. 그저 전운사의 처가 낫고 싶어 하는 의지가 차도를 보이게 만들었을지도 모르는 것이오. 우리는 약재도 파는 상인일 뿐이지, 약학이나 의술을 아는 사람은 아니잖소?"

"그야 그렇지요."

연복사를 내려오면서 그들은 한동안 머물렀던 천주의 시가지를 내려다보며 감상에 잠겼다.

참으로 장대한 도시였다.

검은 기와를 지붕에 인 건물들이 수천 채가 빽빽이 성내를 채우고, 그도 모자라 성 밖으로 밀려 나와 하나의 거대한 도시를 이루고 있었다.

오저군은 고려에서 이와 같은 도시를 본 적이 없었다. 고려의 황도(皇都) 개경보다도 오히려 번창하다고 생각될 정도였다. 듣기에 인구 수십만이 사는 성읍이오, 번국(藩國), 즉, 송나라 밖의 외국에서 건너온 사람들도 수

천수만이 이 천주에 거취를 틀고 있었다.

도도하게 복건의 산중으로부터 흘러나온 진강이 동쪽의 창해(滄海)로 흘러 나가는 하구에 화려하게 선 이 거항(巨港)은 그야말로 바다의 왕자(王子)와도 같았다.

중천에 오른 햇살이 반짝이며 강물이 바다와 만나는 곳에서 부서지고, 그 파편이 아름다운 천주의 성벽 위에 드리우는 것을 보며 오저군은 숨이 막히는 기분이었다.

'고려 땅에도 언젠가는 이러한 큰 성읍이 세워질 것이다. 천하의 바다를 오고 가면서 온갖 귀한 산물을 모아서 쌓는 그런 성읍이 말이다. 그때에 내 반드시 오늘을 기억하면서 추억하리라.'

오저군은 하두강에게 말하지 않고 마음속에 그러한 감상을 품었다. 지금으로써 그것은 가망이 있을지 없을지 모르는 기대일 뿐이었다.

그러나 오저군은 정민이 품고 있는 배포를 믿었다. 기껏해야 동래의 상단을 운영하는 사람이오, 이제 벼슬길에 나아가려 하는 젊은이일 뿐이었다. 그러나 그가 동래와 금주, 합포의 포구들을 키워서 크나큰 무역항으로 만들려고 하는 복안을 언뜻 비추었던 것을 오저군은 잊지 않고 있었다.

지금은 이 천주의 커다란 항구와 비교하면 그 조그만 포구들은 그저 어항(漁港)이나 다름없었다. 그러나 어쩐지 오저군은 언젠가 그 항구들이 천주에 버금가는 번창하는 항구로 자라날 것이라고 기대가 되었다.

그리고 그날까지 살아서 오저군은 그 광경을 목도할 것이다. 적어도 그 순간 그는 그렇게 믿었다.

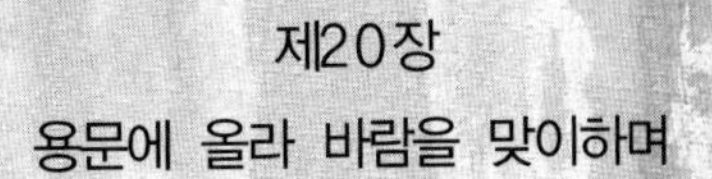

제20장

용문에 올라 바람을 맞이하며

정민의 관직 수여는 생각 보다 빠르게 진척이 되었다. 3월에 등과하여 홍패를 받고, 4월의 초하루에 예부(禮部)의 정육품 원외랑(員外郎)에 임명한다는 칙령이 내려온 것이다.

"네가 예부의 원외랑이 되었으니 이에 대해 경계하고 불편해하는 자들이 있을 것이다. 그들이 바로 우리의 잠재적인 적이라고 해도 좋을 것이다. 한때 위기를 모면하고 정함을 몰아내고자 손을 잡았던 왕광취나 백선연 같은 자들일 수도 있고, 최여해의 죽음에 불만을 가진 경주 최 씨 사람들이 될 수도 있다. 그도 아니라면 우리가 점차 힘을 가지게 되는 것에 대하여 불편해하는 문벌들이 견제를 하고 나설 것이다."

정서는 4월이 보름부터 바로 등청을 하게 된 정민에게 경계심을 가질 것을 주문했다. 정민 또한 긴장이 바짝 되지 않을 수 없었다.

"김정명에게도 직첩이 나왔습니까?"

"내가 힘을 써서 중서문하성낭사의 종육품 간관으로 천거하였다. 아마 폐하께서 그 자리를 김정명에게 줄 것이다. 그자는 간관(諫官)에 어울리는 성품이며, 문극겸이 잘 돌보아 줄 수 있을 것이니, 그만큼 어울리는 자리가 없을 것이다."

"낭사의 간관이라면 임금에게 직언을 올리는 자리가 아닙니까."

"그렇지. 전번의 동당시에서 장원을 차지한 인재인데 아직 연줄이 없어 자리를 얻지 못하였으니 그 얼마나 우스운 일이냐. 그간의 벼슬을 못한 것을 보상하여 한 번에 종육품에 임명한다고 하더라도 누가 무어라 하겠는가."

"그렇지만 제한된 벼슬자리에 한 번에 높은 자리에 앉힌다면 반발하는 자들이 있을 것입니다."

정민이 우려하는 바가 바로 그것이었다. 자신도 한 번

에 정육품, 그리고 김정명도 종육품의 벼슬을 받게 되었다.

보통은 그보다 낮은 하급 관직에서 시작하는 것이 일반적이었다. 그런데 처음부터 육품의 관직을 제수 받고 그것도 청요직(淸要職, 특별히 주요한 관직)에 보임되었으니 시기하고 질시하는 자들이 가득할 것이다.

"역풍이 불 수도 있겠지. 그러니 조심은 해야 할 것이야."

정서는 그럼에도 불구하고 이번이 기회라고 생각했다. 힘이 주어졌을 때 운신의 폭을 넓혀 놓지 않으면 언제고 권력 투쟁에서 밀려날 수 있었다.

"그런데 폐하께서 이것을 어찌 이리 쉽게 윤허해 주신 것입니까?"

"너는 폐하가 성정이 포악하고 간신배들에게 둘러싸여 있다고 해서 그 혜안을 우습게 보아서는 절대 아니 될 것이다. 권좌를 지키기 위해서라면 눈을 번쩍 뜨고 사방을 살펴보실 분이시다. 일전에 예부상서와 내가 앞장서서 폐하의 우환거리인 익양공을 절간으로 쫓아 보낼 수 있게 도왔으므로 지금은 일단 힘을 조금 더 실어 주시는 것이다. 그러나 조금만 눈에 어긋나면 어떻게든 다시 찍어 내려고 수를 쓰실 분이 아니냐. 일단 조정에 들어가서 직분을 맡으면 밤낮으로 경계하며 주의를 해야 한다. 위로는 임금으로부터 아래로는 품계 없는 이속(吏屬)들에 이르기까지 서로가 서로를 잡아먹으려고 눈을 번뜩이는 아수라장이다."

정서의 눈에서는 진심으로 경계하는 마음이 도사리고 있었다. 자신의 집에 앉아서도 조정의 풍파가 언제고 덮칠지 모른다는 긴장감으로 살아가는 것이다.

정민은 참으로 권력이라는 것이 쥐고 있어도 마음이 편하지 않다는 것이 그저 놀라울 뿐이었다. 권력은 사람을 자유롭게 하는 것이 아니라 결국에는 옭아매어 그것에서 벗어나지 못하게 만든다. 가지고 있는 것을 지키기 위해, 아니면 남이 가진 것을 빼앗기 위해 서로에게 눈을 번뜩이며 자기 스스로를 괴롭게 만드는 것이다.

"말씀 잘 새겨서 늘 유념하도록 하겠습니다."

"그리해야만 한다. 내가 너의 재기와 총명함을 믿지만, 너는 분명히 이 조정에서의 암투에는 아직 적응이 되지 않았다. 내게 우연찮게 기회가 와서 남에게 불행이 미칠 줄을 알면서도 나와 너를 위하여 방해물을 치우고 길을 닦았다. 그러나 언젠가 우리가 남들이 길을 열기 위한 제물이 될 수도 있다. 그것을 명심해야만 한다. 내가 정함과 김존중의 제물이 되었다가, 그 다음에는 최여해와 익양공을 그 제물로 삼았다. 그것이 모두 삼 년 사이에 일어난 일이다."

"……."

정민은 몸에서 소름이 돋았다. 그가 아는 아버지는 절대로 남을 해칠 만한 위인이 아니었다. 그러나 조정에서 살아남겠다는 동기가 부여되는 순간, 평소라면 생각지도 않았을 일을 꾸며서 죄 없는 이를 제물로 삼았던 것이다.

그것이 이 고려 조정의 생리였다. 그리고 임금은 자신의 옥좌를 영원히 지키기 위해 이러한 일들을 사실상 조장하고 있었다.

"너도 사실 그것에서 자유롭지 않은 사람이다. 네가 본의로 한 것이든, 아니면 그것이 정명해의 독단이든, 중요한 것은 정명하가 죽었다는 사실이다. 너 스스로도 네 자리를 지키기 위해 그러한 일을 눈감아 그 이득을 누렸음을 잊지 말아야 한다."

정민은 아버지의 말에 폐부를 찌르는 것 같은 느낌을 받았다. 정명하는 그가 평생 짊어지고 가며 속죄해야 할 짐이었다.

그가 잘못을 저지르긴 했으나 죽어야 할 정도는 아니었다. 그러나 그의 존재가 재앙을 가져올까 두려웠던 정민은 정명해가 살형의 죄를 저지르는 것을 내심 바랐던 것인지도 모른다.

'도대체 나는 무슨 짓을 해 가며 이 자리에 오른 것인가?'

정민은 불쾌한 기분이 등골을 타고 오르는 것을 느꼈다.

고려 땅에 떨어지자마자 노비 생활을 겪으며 이 세상에 대하여 무한한 두려움을 품게 되었고, 결국에는 살아남고자 습동을 죽여야 했다. 그래도 어쩌면 습동은 죽어 마땅한 사람일 수도 있었다. 그래서 살인을 했다는 공포가 자신의 마음을 갉아먹었을지언정 죄책감은 그다지 느끼지 않았다.

그러나 그것은 그의 생각에 지대한 영향을 끼쳤다. 오로지 생존이 목표가 되면서, 다시 세상에 내려왔을 때 정민은 모든 위협적인 요인을 제거하고자 하는 강박감을 가지게 되었다. 그 결과 예기치 않게 정명해로 하여금 자기 형을 해치게 하는 패륜적인 결과를 가지고 왔던 것이리라.

"유념해라. 앞으로 나아갈 길은 더 잔혹하고 더러운 일들이 넘쳐 날 수도 있다. 그러나 그것들로부터 눈을 돌려서는 아니 된다. 사람이 정도만을 걸어갈 수 있다면 그 자는 복된 삶을 사는 자이다. 그러나 대부분의 경우 그러한 것은 허락되지 않는다. 내가 살기 위해서 손을 더럽혀야 하는 순간이 필히 오게 되고, 그때에 그러한 부끄러움이 싫어 피한다면 막심한 손해가 자신에게 닥치게 되니, 이 얼마나 두려운 일이냐. 그렇기에 고고한 자들도 조정에 나아가면 종래에는 야차 같은 아귀가 되어 남을 물어뜯는 것이다."

"그러나 그리하지 않으려고 노력을 하고 싶습니다."

정민은 더 이상 죄를 짓고 싶지 않았다. 그는 이제 이 세상에 대해 좀 더 열린 마음을 지니게 되었고, 이 시대의 사람들도 더 이상 적이 아니라 함께 같은 하늘을 이고 살아가는 똑같은 사람들로 생각하고 싶었다.

"그렇게 할 수 있도록 노력을 해 보아라. 그러나 선택의 순간이 왔을 때, 지킬 것을 지키기 위해서는 너는 반드시 결정을 해야만 한다. 무고하게 네가 사랑하는 자들이 죽어 나가는 것을 보면서도 정도를 지켜야 할지, 아니면 내 사람을 지키기 위해서 남의 억울함을 때로는 눈감고, 때로는 조장해야 할지. 큰 길로 나아가려 하면 어느 순간에는 그러한 백척간두에 서게 될 것이다."

정서는 회한의 마음이 드는지 눈을 감고 숨을 들이켰다. 정민은 그러한 아버지의 모습을 안타깝게 바라보았다.

"아버님……."

"그저 세상의 풍파에서 비껴 나가 호장이나 지내며 흙과 더불어 살아가는 것도 괜찮은 것인지 모르겠다. 그러나 이미 우리가 나아간 길은 그러한 안분지족과는 거리가 멀어진 것이다. 돌아가기는 길이 머니 가던 길을 가야겠지."

정서는 그렇게 말하고 나서, 눈을 다시 뜨며 정민을 맹렬한 눈동자로 주시했다.

"조정에 네 사람을 만들어야만 할 것이다. 김정명은 이제 간관이 되었으니 문극겸과 함께 우리가 원하는 바를 대신해서 주청해 줄 수 있을 것이다. 이 둘은 필히 우리의 편으로 만들어야 한다. 반면에……."

정서는 손을 깍지 끼고 잠시 생각을 하는 것 같더니 말을 이었다.

"김돈중은 이해가 맞아 잠시 손을 잡고 있는 사람이라

는 것을 잊지 말아야 할 것이야. 그는 정함에게 피해를 입기 전까지는 대령후 합하와 내가 임금에게 내쳐지는 동안 손을 내밀지 않고 오히려 방조하던 자였다. 그것이 자신에게 이득이 되지 않는다는 사실을 귀신같이 알고 있었던 것이지. 언젠가 때가 오면 그자와는 필히 대립하게 되는 시기가 올 것이다."

"그러나 김돈중이 가진 힘과 우리가 가진 힘에는 큰 격차가 있지 않습니까?"

"그렇다. 그는 예부상서에 이미 올랐고, 임금의 총애를 받기 시작하였으니, 얼마 가지 않아 더 높은 관직으로 나아가게 될 것이다. 본래에 집안이 매우 좋아 받혀 주는 힘도 어마어마하니 온갖 권세가 그의 손에 집중될 것이다."

"어찌하여야 좋겠습니까?"

"그에게 이를 갈고 있는 자들을 미리 암중에 포섭을 해 두어야겠지. 김돈중이 모르게 말이다. 때가 온다면 그들이 큰 힘이 되어 줄지 누가 알겠느냐?"

"누가 있겠습니까?"

정민의 물음에 정서는 한 얼굴이 떠올랐다. 부리부리한 눈매와 귀신같은 수염, 그리고 이글거리는 야망을 가슴에 품고 있는 노장(老將)이었다.

"상장군 정중부(鄭仲夫)."

"……!"

정민은 그 이름을 잘 알고 있었다. 고려에 오기 이전부터 말이다.

정중부는 의종을 몰아내고 무신정권을 세우게 된 무신정변의 주동자였다.

"김돈중이 예전에 제 아비를 믿고 치기 어릴 때 철없이 정중부의 수염을 태운 일이 있었다. 때에 정중부는 평생에 걸쳐서 김돈중을 증오하게 될 만한 모욕을 받은 것이다. 장수는 대장부이다. 그러한 장부의 수염을 태운 것만한 모욕이 없다. 김돈중이 훗날에 나이가 들어 그 일을 후회하여 정중부에게 사과하고자 하였으나, 정중부는 김돈중의 거만함이 가시지 않았다고 하여 그것을 거절하였다. 그 둘은 어떻게 하여도 화해할 수 없는 사이이다."

"정중부는 그러나 성정이 고집이 세고 남에게 고개를 숙일 사람이 아니라고 들었습니다."

"지금 당장을 이야기 하는 것이 아니다. 혹여 모를 미래를 대비하자는 일이니 서두를 이유는 없다. 정중부의 환심을 사는 것은 천천히 해도 좋다. 그 고집이야 천 년을 가겠느냐. 꾸준히 떨어지는 낙숫물에 바위가 깨지는 법이니 길게 보아야 한다. 지금 당장은 김돈중의 의심을 사서 거리가 벌어지는 것을 먼저 조심해야 한다. 아직은 우리에게 김돈중이 필요하지 않느냐?"

정서의 말에 정민은 고개를 끄덕였다.

"그렇습니다, 아버님."

"자, 일단은 오늘의 이야기는 잊고 네가 관직에 나아감을 축하하도록 하자. 대령후저에도 선물을 보내어라."

정서는 그렇게 말하면서, 굳어 있던 표정을 풀고 껄껄 웃었다.

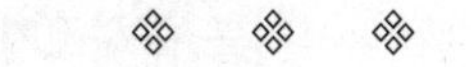

금의 해릉왕(海陵王)은 스물여덟의 나이에 사촌인 희종(熙宗) 완안단(完顔亶)을 죽이고 제위를 찬탈했다. 그것이 10여 년 전의 일이었다. 해릉왕 완안량(完顔亮), 여진 이름으로는 디구나이[迪古乃]라 하는 이 불세출의 암군은 즉위와 함께 통치의 지향을 밝혔는데 그 내용이 다음과 같았다.

"내게 세 가지 큰 뜻이 있는데, 첫째는 국가의 큰일이 모두 나로부터 나오는 것이오, 둘째는 군사를 거느리고 송나라를 쳐 그 군주를 잡아다가 죄를 묻는 것이오, 셋째는 바로 천하절색의 미녀를 얻어 처로 삼는 것이다.(吾志有三, 國家大事皆自我出, 一也. 帥師伐國執其君長問罪於前, 二也. 得天下絶色而妻之, 三也.)"

이렇게 품은 웅심(雄心)이 참으로 허랑방탕한 자이다 보니 황제의 위에 올라서도 하는 일 마다 그릇되기 그지 없었다.

뒤로는 온갖 패악을 저지르면서도 앞으로는 성군(聖君)의 모습을 보이고 싶어 위선을 떨기 일쑤였다. 좋은 요리를 마다하고 거위만 먹는다는 것을 보이기 위해 먼 곳을 순행할 때 일부러 거위를 구하고자 거금을 들여 거위를 사기도 하고, 허름한 옷을 입고 다닌다는 것을 굳이 보여 주기 위해 입고 나와 사관으로 하여금 그것을 기록하라고 닦달하기도 했다. 기분이 좋을 때는 병사들의 음식과 자신의 수라상을 함께 두고서 군병들의 음식을 먼저 먹이기도 했으며, 평민들의 마차가 수렁이 구르는 것을 병졸들에게 명하여 꺼내 주게 하기도 하였다. 그런가 하면은 자기 입으로 신하들에게 직언을 아끼지 말라고 해 놓고서는, 진심으로 왕의 정치를 우려하여 간언을 하면 목을 베어 죽이고, 궁전을 당풍(唐風, 중국풍)으로 건축하고자 온갖 색채를 들여 요란하게 장식하고 억만금을 들여 황금으로 치장을 했다.

여기까지는 고사에서 제법 보일 정도의 그저 그런 암군일지 모른다. 그러나 진정으로 완안량이 삼강(三綱)과 오륜(五倫)을 모두 끊어 버린 것은 계집을 지나치게 탐했기 때문이었다.

금 황제 완안량은 숙부(叔父)인 조왕(曺王)의 처인 아라[阿懶] 씨 가 매우 미모가 빼어난 것을 보고는 욕심이 들어 숙부를 주살하고 아라 씨를 빼앗아 자기의 후비로 삼았다. 이것을 보고 사람들이 황제의 욕정이 매우 더럽다고 수군거렸으나, 완안량은 개의치 않고 자기 욕심을 절제하지를 않았다.

매우 포악스럽게도 자기 모후(母后)의 이종사촌인 장정안(張定安)의 처인 완얀 나라후[完顔奈剌忽]를 불러들여 겁간하고는 그녀 또한 자기 첩으로 삼았다.

완안량의 색을 탐하는 마음은 여기서 그치지 않았다. 그는 사촌 형제이자 인덕이 있고 성품이 매우 훌륭하여 주변에 사람이 많은 완안옹(完顔雍)을 두려워하는 마음이 있었다. 때문에 그를 어떻게든 벌주고 싶은 생각이 가득했는데, 그의 처인 우린다[烏林答] 씨가 매우 현숙하고 얼굴이 아름답다는 이야기를 들었다. 완안량은 마음속에 흑심이 들어서 그녀를 빼앗고 싶어졌다.

그때에 완안옹을 제남윤(齊南尹)의 벼슬을 받아 제남에 처와 함께 내려가 있었는데, 그는 이 사촌형인 황제의 의심 때문에 늘 마음이 불안하고 전전긍긍하는 상황이었다. 황제는 결국 이 사촌 형제를 시험하고자 말도 안 되는 요구를 하고 나서기에 이르렀다.

"네 아내를 내게 바쳐라. 그로써 내가 너에게 의심을 풀고 믿음을 줄 수 있지 않겠느냐?"

이 말을 듣고 제남윤 완안옹은 황망해졌다.

"이게 말이나 되는 소리인가? 도대체 황제가 내게 무슨 원한이 그리 심대하기에 내 사랑하는 처를 내어놓으라 하는가? 차라리 내가 여기서 목숨을 끊어 욕을 보지 않겠다."

완안옹은 침소에서 분통하여 잠을 이루지 못하였다.

옆에 있던 그의 처 우린다 씨는 남편의 그러한 모습이 못내 슬프고 애가 탔다. 원통하기는 그녀 또한 마찬가지였다. 그렇다고 자신 혼자 목숨을 끊으면 황제가 어명을 어겼다는 죄를 뒤집어씌워 남편을 죽이고자 할 것이오,

그렇다고 사랑하는 남편의 목숨까지 자신을 지키고자 끊게 할 수는 없으니 그녀로서는 결단이 필요했다.

"제가 가겠어요. 그러나 살아 돌아오지는 않을 것입니다."

우린다 씨는 결국 황제가 있는 중도(中都, 現 베이징)로 가리라 마음을 먹었다.

할 수 있다면 중도에 가자마자 목숨을 끊을 작정이었다. 그녀는 집안 사람들에게 단단히 남편을 돌보라 명을 내렸다.

"내가 보니, 그간 황족으로서 말도 안 되는 누명을 뒤집어쓰고 황망한 죽음을 맞이한 경우에는 대부분이 하인들이 간악하게 없는 죄를 참소했기 때문이었다. 너희들도 주인을 모함하거나 한다면 내가 귀신이 되어서라도 너희가 편히 살도록 하지 않을 것이다."

우린다 씨는 그렇게 하인들을 으르고서는 무거운 마음으로 중도로 향하게 되었다.

남편인 완안옹은 끝까지 그녀를 말렸으나, 그녀가 자신을 살리고자 비장한 마음으로 황제에게 향하는 것을 종래에는 막을 수 없었다. 그녀는 중도에 다 도달하게 되었을 때에 자살을 시도하였으나 하인들이 간신히 그녀의 목숨을 구하여 황제에게 결국에는 바쳐지게 되었다.

황제 안안량은 그녀가 또다시 목숨을 끊지 못하도록 단단히 살피라 내관들에게 일러 두고서 언제 그녀를 취할지 고민을 거듭했다.

"폐하께서는 이렇게 무도한 일을 하셔서는 아니 됩니다!"

오린다 씨는 결국에 어느 날 밤, 치장이 되어 황제의 침전으로 보내졌다.

그녀는 하늘이 무너지는 기분이었으나 황제의 명을 거절할 방법이 없었다. 완안량은 옷을 모두 벗은 채로 침전에 향을 틔워 놓고 오린다 씨를 기다리고 있었다. 침전에 들어 그 모습을 본 오린다 씨는 이를 갈며 황제에게 일갈하였다.

"시끄럽다. 네 아직 스스로 어떤 상황에 놓여 있는지를 모르는구나?"

완안량은 이죽거리면서 벗은 몸 그대로 우린다 씨에게 다가갔다. 그는 그녀의 귀에 손을 뻗어 희롱하면서 우린다 씨가 수치스러워하는 것을 보고 즐겼다.

"온 천하가 폐하를 원망하고 있습니다. 이러한 악덕을 저지르고도 편히 눈 감을 것이라 생각지 마십시오!"

우린다씨는 날카로운 목소리로 황제에게 말했다. 완안량은 그러나 코웃음 치며 그녀의 몸을 감싸고 있는 옷을 강제로 찢었다.

"비단 옷으로 몸을 감싸고 있으면 네 정절이 지켜질 것 같으냐? 그렇게 저주를 퍼붓는다고 해서 짐에게서 벗어날 수 있을 성 싶냐?"

우린다 씨는 몸을 비틀어 저항을 하려 했으나, 완안량의 완력을 이겨 낼 수 없었다. 완안량은 그녀를 자빠뜨리고서는 젖가슴을 틀어쥐고서 우린다 씨를 놀려 댔다.

그녀는 수치심에 눈물이 절로 쏟아져 나왔다. 그녀는 진심으로 자신의 남편인 완안옹을 사랑했다. 그래서 그의 목숨을 지켜 주기 위해 중도로 올 것을 결심했던 것이다. 그리고 중도에 오기 전에 어떻게든 자결하여 남편으로 하여금 면피를 하게 해 주면서도, 정조를 더럽히지 않으려 생각했던 것이다.

그런데 일이 어떻게 틀어져 버려 지금 황제의 손아귀에 놓이게 된 것이다. 그녀가 괴로움에 몸부림을 치는 동안, 황제의 손길은 그녀의 가슴팍에서 내려와 고간을 더듬기 시작했다.

"으, 으읍……!"

그녀는 고통스러운 비명을 질렀으나, 완안량은 한 손으로 그녀의 입을 틀어막고서 다른 한 손으로는 아랫도리를 거칠게 더듬기를 멈추지 않았다. 아름다운 우린다 씨의 몸을 보고서 황제는 완전히 흥분해 있었다. 그는 인륜이니 도덕이니 하는 것은 생각지도 않는 패악무도한 사람이었다. 싫어하고 미워하는 사촌 형제의 아름다운 아내를 자기 권력으로 탐할 수 있다는 생각에 몸이 달아올라 주체를 할 수가 없었다.

그날 이후로도 우린다 씨는 몇 번이고 황제의 침전에 불려 가 고통스럽게 겁간을 당했다. 그때마다 그녀는 저항을 하였으나 그것은 완안량의 음심을 더욱더 불타게 만들 뿐이었다.

완안량은 도도한 여자를 정복한다는 즐거움을 느끼고자 우린다 씨에게 온갖 말 못할 수치를 주었다. 그녀는 어떻게든 목숨을 끊어 이 치욕스러움을 멈추고자 마음을 먹고, 주변의 경계가 풀어진 틈을 타, 황궁의 우물에 몸을 던져 목숨을 끊었다.

"젠장……! 그 계집이 결국 목숨을 끊었단 말이냐? 이것은 필히 그년의 남편이 사주한 일이다."

완안량은 장난감을 잃은 아이처럼, 우린다 씨가 목숨

을 끊었다는 소식에 분개하여 화를 참지를 못했다. 그는 어떻게든 완안옹을 벌주고 싶었다.

"완안옹을 동경 요양부의 유수로 보내어라. 직책만 유수로 주고 영(令)을 내릴 권한은 주지 않는다."

제남윤으로 있던 완안옹을 동경(東京, 現 랴오닝성 랴오양시)으로 보내어 유수의 직분을 주면서, 사실상 그가 아무것도 할 수 없도록 집행 권한을 박탈해 버린 것이었다. 만약에라도 완안옹이 가만히 있지 않고 무슨 권한을 부렸다는 트집이 잡히면 황명을 어겼다고 하며 목을 베어 버릴 생각이었던 것이다.

'내 패륜무도한 황제를 결코 용서치 않을 것이네. 하늘에서 지켜봐 주시게. 지금은 잠시 숨을 죽이고 있으나 내 반드시 그 괴물을 베어 그대를 위해 바칠 것이네.'

사랑하는 부인이 자신을 위해 황제에게 온갖 치욕을 당하고 결국 목숨을 끊었다는 생각에 완안옹은 살아도 사는 것이 아니었다.

숨을 쉬고 있으나 죽은 몸이나 다름이 없었고, 가슴 한구석에는 다스려지지 않는 분노가 활활 타오르고 있었다. 그러나 지금 그에게는 아무런 힘이 없었으며, 그저 불행의 그림자만이 그의 뒤를 쫓아가고 있을 뿐이었다.

그는 복수를 다짐하면서 때가 오기만을 기다리고 있었다.

동경으로 가서도 황제의 눈 밖에 나지 않기 위해 사실상 칩거를 하며 사람도 만나지 않고, 아무런 행동도 하지 않은 채로 오로지 아내를 기리면서 눈물로 날을 지새웠다.

"짐이 천하를 통일하고자 대계를 세웠으나 나라 안에 짐에게 반하는 간적(奸賊)들이 많아 그간 시일을 많이 소모하였다. 그러나 이제에는 더 이상 나에게 대적하는 자가 없다고 보아도 되겠느냐?"

동경으로 내쫓은 완안옹에 대해서 계속해서 신경을 곤두세우고 있는 황제였으나, 그가 여러 해가 지나도 특별한 움직임을 보이지 않자 조금씩 마음에서 안심을 하게 되었다.

그에게 가장 위협적인 정적이라고 여겼던 완안옹마저도 아내를 빼앗기고서도 아무런 대항을 하지 못하는 바보가 되었다고 여긴 황제는 마음이 기뻤다.

황제는 간신배로 그의 곁에서 귀에 단 말을 하며 온갖 총애를 받고 있는 장충가(張仲軻)를 불러다가 다음의 계책을 논하고자 했다.

"소신이 보건대 아직도 황화(皇化, 황제의 덕화)를 모르는 자들이 있으나 크게 우려할 바는 못 됩니다. 그보다는 바깥의 이적들이 더욱 문제로 사료되옵니다."

"그렇다. 네 말이 가히 옳도다. 그래서 짐은 군사를 일으켜 주변의 무도한 나라들을 벌주려 하는데 네 생각이 어떠냐?"

"폐하께서 송과 고려, 그리고 서하를 모두 일통(一統)하여 거느리시면, 한당(漢唐)에 버금가는 큰 나라를 이루시게 되는 것입니다. 필히 그리하셔야 할 줄 아옵니다."

"짐이 송을 멸하는 데는 3년이 필요할 것이다. 송을 멸하고 난 뒤에는 고려를 치고 서하를 굴복시켜 천하를 짐의 손에 놓고서 그다음에 논공행상을 할 것이다. 그때에 네 지위가 만인지상 일인지하가 될 것이오, 왕(王)에 봉해질 것이니 견마지로를 다할 것이오, 송을 벌할 계책을 내어놓도록 하여라."

완안량의 말을 듣고 장충가는 한 가지 꾀를 내어 놓았다.

"당장 송을 징벌하는 것은 좋으나 그렇게 군사를 일으키고 나면 뒤가 불안해지게 됩니다. 그러니 고려를 잘 을러서 감히 준동할 생각을 못하게 하고 가능하다면 병력 또한 내어놓게 하여 송나라와의 싸움에 동원하여야 할 것입니다."

"네 말이 옳구나."

"폐하의 탄신일이 정월이라서 같은 달에 두 번이나 사절을 보낼 수 없다는 핑계를 대고 고려에서는 그간 연간 두 번 보내야 할 사절을 한 번밖에 보내지 않고 있습니다. 그 죄를 물어 공녀(貢女)와 해동청을 바치게 하십시오. 이것을 내어놓든, 내어놓지 않든 그것은 중요하지 않습니다. 내어놓는다면 폐하의 위엄을 두려워하여 무엇이든 바칠 준비가 되어 있는 것이니 군병과 미곡을 요구하면 될 것이오, 내어놓지 않는다면 상국의 칙명을 어긴 것이니 마땅한 대가를 치르게 하면 될 것입니다."

"네가 나의 꾀주머니로구나. 옳도다, 옳아. 하하하!"

황제는 장충가의 말에 크게 웃었다. 그리고는 야율림을 사신으로 삼아서 고려로 보내 방물을 요구하게 했다. 금 정륭(正隆) 5년, 1160년 4월의 일이었다.

처음으로 등청하기 전에 임금의 호출을 받은 정민은

궐전으로 향했다. 아침부터 날씨가 흐리더니 본궐(本闕)에 도착했을 때는 비가 땅을 세차게 두드려 대고 있었다.

슬슬 장마가 시작되는 모양이었다. 정민은 노비가 든 슈룹(우산의 옛말) 덕에 비를 피할 수 있었으나, 관복이 조금 젖는 것까지는 피할 수 없었다.

고려의 황궁은 따로 이름이 없었다. 본래 황제의 궁에는 따로 이름을 붙이지 않는다고 하니, 은근히 고려가 황제국의 제도를 드러내는 것이다. 때문에 이 본궁(本宮)을 그저 본궐이나 대내(大內)라는 이름으로 불렀다. 개경성의 안에는 이 본궐을 둘러싼 내성(內城)이 있었고, 더러는 황성(皇城)이나 왕부(王府)라고도 불렀다.

내성의 동문인 광화문(廣化門)을 지나쳐 정민은 궁궐로 향했다. 궁성(宮城)은 내성의 안쪽에 따로 자리 잡고 있었다. 30여 년 전, 인종(仁宗) 연간에 이자겸(李資謙)과 척준경(拓俊京)이 일으킨 변란으로 인하여 본궐에 불이 붙어 큰 화마를 입고야 말았다. 지금의 궐각 대부분은 이 이후에 중건한 것으로, 그 위세가 예전만큼은 못하다고 들었다.

그래도 일국의 본궁이다 보니 화려한 기와가 올라간 육중한 전각들이 서로 처마를 잇대고 펼쳐져 있는 것이 장관이었다.

광화문을 지나 관청가(官廳街)를 따라가면 곧 내궁의 정문인 승평문(昇平門)이 나온다. 이곳에서 궁성을 지키는 경군(京軍)의 검열을 받고 관직에 나아가게 되었다는 칙지를 보이고 나서 정민은 노비를 세워 두고 혼자서 궁내로 들어갔다.

승평문을 지나 정전으로 나아가는 길에는 광명천이라는 작은 내가 흐르고 있었는데, 갑자기 쏟아진 비에 물이 적잖이 불어나 빠르게 흘러내리고 있었다. 광명천을 건너는 돌다리에는 정민을 임금에게 모셔 가기 위해 환관 왕광취가 나와 있었다.

"정민 공이시지요?"

"그렇습니다."

왕광취의 얼굴에는 간사한 미소가 드러나 있었다. 왕광취는 기름을 먹인 종이우산을 홀로 들고서 비를 피했다.

비단 옷을 차마 젖게 할 수 없다는 듯, 소매를 단단히 여미고서 우산을 든 채로 수염 없는 턱을 쓰다듬는 모습이 정민은 조금 역겨웠다. 왕광취는 심지어 하얗게 분을 얼굴에 칠하고 있었는데, 그것이 자못 우스꽝스럽게 여겨졌다.

슈룹을 든 노비를 승평문에 세워 두고 온 탓에 정민은 그사이 관복이 비에 모두 젖고 말았다. 그러나 왕광취는 우산을 함께 쓸 생각이 없는 듯 보였다.

"귀공의 부친 덕에 내가 목숨을 건지게 되었지요. 그 점 고맙습니다."

돌다리에서 정민이 다가오기를 기다렸다가 왕광취는 입을 열었다. 정민은 그에게 시선을 주지 않은 채로 앞으로 걸어 나가며 대답했다.

"왕 공의 기지가 구한 것이지요. 부친의 덕이 아닙니다."

"이런, 생각 보다 어리신 분이 성정이 뾰족 하십니다?"

왕광취는 손을 내저으며 정민을 자극했다. 그러나 정민은 그의 도발 따위에 넘어갈 생각이 없었다. 이자가 대체 무슨 생각인지 임금에게 자신을 안내하면서 우산도 씌워 주지 않고 비를 젖게 하면서 조롱을 하는지 영문을 알 수 없었다.

"제게 무슨 긴히 말씀하시고자 하는 바가 있으십니까?"

정민이 직설적으로 물었다. 빗물이 고인 관모의 끝자락에서 이마로 물이 뚝뚝 떨어져 내렸다. 눈으로 들어오는 빗물을 밖으로 쳐 내며 정민은 발걸음을 멈추고 왕광취를 노려보았다.

"흐음, 이거 잘난 얼굴이 홀딱 젖어서 사납게 일그러지셨구려. 좀 표정을 푸세요. 폐하께 나아갈 때 그렇게 잔뜩 찌푸린 채로 나가실 생각이십니까?"

"그건 공이 관여할 바가 아니오."

"나는 폐하의 근신(近臣, 가까이서 임금을 모시는 신하)입니다. 제 입에서 나오는 말은 다른 사람의 것들 보다 몇 배는 높은 가치가 있지요."

"지금 성상 폐하를 세 치 혀로 농락하신다고 말씀하신 겁니까?"

정민의 말에 왕광취가 깔깔 거리며 웃었다.

환관 치고도 높은 목소리가 찢어질 듯이 빗물을 두드리며 퍼졌다. 정민은 그 소리가 조금 소름끼친다고 생각했다.

"무슨 말씀이신지요? 혼자 생각을 진실이라 생각하고 입 밖에 함부로 내어서는 아니 됩니다."

"그것이 혼자 생각인지는 두고 보아야 알 일이지요."

"말에 뼈가 있으시군요."

정민은 더 이상 왕광취에게 장단을 맞추어 줄 생각이 없었다.

그가 표정을 잔뜩 굳힌 채로 비를 헤치고 묵묵부답으로 걸어가자, 왕광취도 더 이상 말을 걸지 않았다.

그는 무표정한 얼굴로 우산을 쓴 채로 정민의 옆에서 길만 안내했다. 편전(便殿)인 선인전(宣仁殿)에 도달 한 뒤에 왕광취는 정민을 쏘아보며 입을 열었다.

"공의 부친이 다시 벼슬에 나아갔다고 해서 지금 권력을 손에 쥐고자 애를 쓰고 계시지요?"

"무슨 말씀이신지. 함부로 입을 놀리면 내 그 썩은 입을 가만두지 않겠소."

"나는 그저 사실을 말씀 드리는 게지요. 많은 사람들이 경계를 하고 있습니다. 그 경계가 의심이 되고 의심이 분노가 되면 그 때에는 이미 늦은 일이 될 겁니다. 사방에서 적들이 공의 집안을 도륙하고자 눈을 번뜩일 것입니다. 그러니 조심하세요."

"지금 겁박을 하시는 것입니까?"

"이거, 원, 충고를 해 주어도 이렇게 고깝게 들으니 내가 더 할 말이 없군요."

왕광취는 그렇게 말하고서는 편전으로 나아가 임금에게 정민이 도착했음을 알렸다.

안에서 들라는 이야기가 들리자, 정민은 문을 열어 주고 정민을 안으로 들여보냈다. 정민은 비에 젖은 관복에서 물이 편전 마루에 뚝뚝 떨어지자 당황했다. 왕광취는 그 모습을 보고 슬쩍 웃음을 띠우더니 다시 모습을 감추었다. 정민은 최대한 물을 털어 내고 임금이 있는 내실로 향하였다.

"왕광취가 비를 피하게 해 주지 않은 모양이군."

임금은 물에 젖은 생쥐 꼴이 된 정민을 보더니 대뜸 그렇게 말했다. 정민은 내실의 입구에서 온몸을 굽혀 임금에게 절을 하였다.

"소신 정민, 삼가 성상 폐하를 배알하옵나이다."

"됐다. 그만 몸이나 일으켜 보아라. 듣던 대로 훤칠하게 크구나."

임금은 용상 한쪽에 몸을 기울여 앉은 채로 고개를 들어 정민을 보았다. 임금의 퀭한 눈에는 알 수 없는 귀기(鬼氣)가 언뜻 스쳐 지나갔다. 대낮인데도 사방에 먹구름이 껴 비가 오는 중이라 편전 안도 어둑어둑했다. 그림자가 짙게 드리운 임금의 얼굴에는 표정이 없었다.

"송구하옵니다."

"키가 크다는데 뭐가 송구하다는 거지? 자리에 앉아라."

"예, 폐하."

정민은 관복을 추슬러 자리에 무릎을 꿇고 앉았다. 고려의 상하 간의 질서는 엄정하여 윗사람의 앞에서는 양반다리를 하고 앉을 수 없었다. 허벅지가 저려 왔지만 정민은 무릎을 꿇고 앉아서 임금의 하문을 기다려야 했다.

"예부상서 김돈중과 네 아비가 짐에게 너를 정육품에 제수 해 달라 간청을 하였다. 그래서 내 그리하라고 했다. 그리고 네가 과거에서 쓴 답안도 다시 가져오게 하여 읽어 보았다."

임금은 그렇게 말 하고서 귀를 한 번 후벼 파더니, 하품을 한 번 하고 말을 이었다.

"용렬하더구나. 재주가 좋다고는 말 못하겠으나, 기민하다고는 하겠다. 송을 쓰라고 하니 짐을 치켜세우고, 책을 쓰라고 하니 빤한 이야기를 써 놓았더군. 그 덕분에 급제를 하였을 터이니 머리가 좋다고는 해야겠지."

"망극하옵니다, 폐하."

"됐다. 오늘 짐이 너를 부른 것은, 궁내에 하도 네가

신언서판이 훤하다고 소문이 자자하기에 한 번 그 모습이 궁금해서였다. 왕광취에게 우산을 씌우지 말라고 한 것도 짐이다. 비에 젖어서도 그 몸가짐이 살아 있다면 소문에 걸맞을 것이라 생각했지. 지금 보아하니 소문이 날 만하구나."

"성은이 망극하옵니다, 폐하."

정민은 이 별난 임금의 앞에서 무어라 대답을 해야 할지 고민이 되었다. 워낙에 제멋대로인 임금이라 자칫 하다가 경을 칠지도 모르겠다는 생각이 들었다.

"뭐, 짐이 준 관직이니 마음에 들지 않으면 언제고 빼앗을 수 있으니, 처음부터 높은 품계로 준 것은 유념치 마라. 대신에 짐이 너를 시험할지도 모르겠다. 과분한 자리에 앉아 있는지, 아니면 앉을 만한 자리에 앉아 있는지를 좀 알아야겠지."

"……."

"고려는 본래 금나라에 연 두 차례의 사절을 보내도록 되어 있는 것을 아느냐?"

"신년의 하례를 위해 보내는 하정단사(賀正旦使)와 금 황제의 탄신일을 축하하는 하청천절사(賀天淸節使)의 두 차례가 금과 약조되어 있는 줄 아옵니다."

"그렇지. 그런데 지금 청천절(靑天節, 금 황제의 생일)이 정월 십육 일이다. 그래서 지금의 황제가 등극한 뒤로는 하정단사만 보내 왔다. 보름의 차이를 두고 사절을 두 번 보낼 수 있지는 않느냐?"

"그렇사옵니다, 폐하."

"그런데 짜증나게도 금나라에서 이것으로 시비를 걸어왔다. 얼마 전에 야율림(耶律琳)이라는 자가 사신으로 와서 짐더러 진봉사(進奉使, 조공사절)를 추가로 더 보내라더군. 그리고서는 무엇을 요구했는지 아느냐?"

"해동청(海東靑)과 방녀(邦女)를 요구한 줄 아옵니다."

"그래. 매와 계집이다. 지금의 금 황제는 실로 정신이 나간 자이다. 남의 아내를 빼앗아 탐하는 것을 즐기고, 사방의 미녀를 끌어모아다가 음탕하게 놀고, 술을 풀어 쾌음(快飮)하는 재미로 소일하고 있다. 이것이야말로 미친놈이 아니냐."

정민은 속으로 누가 누구를 욕하는가 하는 생각이 들어 떨떠름했다.

그러나 굳이 따지자면 고려 임금의 패악은 금 황제의 것에 비길 바가 못 되기는 했다. 금나라 황제는 즉위조칙으로 강남의 미녀를 탐하기 위해 남송을 정벌해야겠다고 공식적으로 선포할 정도의 미친 자였다.

"그래서 짐이 올 가을에 진봉사를 보내야 되는 상황이 되었다. 그런데 어디서 매와 공녀를 잔뜩 구한단 말이냐. 몰래 환속(還屬)시킨 노비계집과 궁중에서 기르던 매 10마리를 보내기로 결정했다. 그런데 이 정도로 황제가 납득을 할 것 같지 않다는 것이 문제이다. 그러니 이번에 금나라로 가는 사절들이 황제를 잘 설득하여야 한다. 그래서 진봉사 사절단을 꾸리는 데 지금 조정에서 자청하는 자가 없다. 너랑 김정명이 이번에 짐의 은혜를 입어 육품의 관직으로 나아갔으니 금에 좀 다녀와야겠다."

임금의 말에 정민은 순간 덜컥 놀랐다.

'이런……!'

관직에 나아가자마자 불러서 한다는 소리가 금나라에 다녀오라니, 그것도 방물을 바치는 것이 금나라 황제의 성미에 미치지 못할 터이니 알아서 잘 설득하고 오라는 소리였다. 물론 정민은 육품관으로 사절단의 수장은 높은 품계의 고관(高官)이 맡을 터이지만, 이런 실익 없는 사절단으로 보내는 것은 혹여 죽을지도 모르는 자리에 알아서 기어 들어가라는 이야기나 마찬가지였다.

"너를 사절로 보내라고 여러 사람이 추천을 하더군. 그래서 짐이 그 말을 귀 기울여 들었다."

차마 누가 자신을 추천했느냐고 물을 수가 없었다. 벌써부터 그의 벼락출세를 고까워하는 자들이 고개를 쳐들고 임금에게 이간질을 시작한 것이다.

"그리고……."

임금은 눈매를 찌푸리면서 몸을 바로 앉히고 정민을 바라보았다.

"하문하십시오, 폐하."

"네가 대령후의 여식과 통정(通情)하고 있다는 소문이 사실이더냐?"

"……그렇사옵니다, 폐하."

임금의 물음에 정민은 등에서 식은땀이 주르륵 흘러내렸다. 과연 아무리 암군이라고는 하나 임금이었다. 그에게도 눈과 귀가 있었다.

"짐이 아직 대령후에 대한 경계를 풀지 않았음도 알고 있나?"

"감히 어찌 성상의 심중을 소신이 짐작하겠나이까."

"실없는 소리는 집어 쳐라. 짐의 요순성세(堯舜盛世)를 패악무도하게도 짐의 형제들이 망치고자 간계를 부리는 것을 내 모를 줄 아느냐. 처음에는 대령후를 의심하였으나 일전의 사태로 인하여 내 익양공이 무도한 일을 벌인 것으로 보고 그를 쳐 내었다. 대령후의 여식과 결혼을 하든 말든 그것은 내 알 바가 아니나, 그런 인척관계를 맺어서 대령후를 지원하거나 한다면 짐이 너를 언제고 도륙 낼 것이다. 그 점만 유념하여라."

왕연과 혼인을 맺는 것은 뭐라고 하지 않겠으나, 그것을 통하여 대령후를 지원하여 제위를 노린다면 그때에는 가만히 두지 않겠다는 협박이었다. 정민은 어깻죽지가 싸늘해지는 기분을 받으면서 임금의 앞에 엎드렸다.

"성은이 망극하여이다, 폐하."

"성은은 무슨……. 팔월이다. 팔월에 압록수를 건너 금나라로 입경해야 할 것이다. 괜히 관헌이 되었다고 대단한 일을 벌이려 하지 마라. 그냥 쥐 죽은 듯이 있으며 사절단에 참여할 준비나 해야 할 것이다. 알겠느냐?"

"예, 폐하."

"되었다, 물러가거라."

임금은 귀찮다는 듯이 손을 저어 정민을 쫓아 보냈다.

정민은 편전을 나와서야 한숨을 돌릴 수 있었다. 여전히 밖에는 비가 계속 내리고 있었다. 그 비를 다시 맞고 궐문으로 나가면서도 정민은 심장이 터질 것 같은 기분이었다. 그저 패악 무도한 임금이라 속으로 경멸해 마지 않았었다. 그런데 실제로 임금을 마주치고 나니, 그 자리에서 만들어지는 위용을 무시할 수 없었다. 성미가 괴팍한 자가 큰 권력을 쥐고 있으니 그것이 두렵지 않다면 도리어 이상한 것이다.

'누가 보아도 암군의 성정이다. 그럼에도 불구하고 명민한 면이 있어 아직 보위를 저리 잘 유지해 나가는 것이다. 그러나 얼마나 갈 수 있을까?'

정민은 의문을 던져 보았다. 지금으로서는 그 대답을 알 수 없었다.

정민이 등청해야 할 예부의 관아는 황성의 동문이 광화문으로부터 개경의 시가지를 향해 뻗은 길목에 자리하고 있었다. 이곳에서의 나날은 생각 보다 무료한 것이었다.

별로 일할 의지가 없는 관료들이 관청에 나아 와서 바둑을 두거나 잡담이나 하며 시간을 보내는 것이 일의 전부였다. 정민 또한 아직은 함부로 움직일 때가 아니니 그 또한 다른 자들과 마찬가지로 시간을 그저 흘려보내는 것이 전부였다.

정민은 물론 놀고만 있는 것은 아니었다.

몇 달 뒤에는 조정의 명을 받들어 금나라로 가는 사절단에 속해 국경을 넘어야만 했다. 임금으로부터 이러한 명이 내려졌다는 이야기를 정서가 듣고서는 걱정을 했다.

"분명히 지금 조정 안에서 누군가 움직이면서 자기에게 방해가 될 법한 자들을 사절단에 포함시키려 하는 것이다. 폐하에게 간언하여 너와 김정명을 포함시킨 것이 아니냐?"

"그러나 그것이 누구인지 어찌 알겠습니까?"

"글쎄다. 지금으로서는 누구인지 알 수가 없지. 그러나 사절단의 정사(正使)를 비롯하여 그 명단이 확정된다면 그들 모두와 관계가 좋지 않은 자로 추려 볼 수는 있을 것 같다."

"하오나 사절단으로 가는 것 자체를 막을 수는 없을 것입니다."

"물론 그렇겠지……."

정서도 그 점이 고민이었다.

금나라 황제의 패악무도함을 고려 땅에서도 모르는 사람이 없었다. 누가 가더라도 금나라 황제에게 치죄(治罪)되고 괜한 모욕을 뒤집어쓴 다음에, 더한 요구를 받아서 고려로 돌아올 가능성이 높았다.

그렇게 된다면 사절단에 포함된 사람들을 향해서 그 정적들이 외교를 잘못한 대가를 치르라고 공격해 올 가능성이 높았다. 임금은 이것을 알면서도 지금 자기 권력의 유지를 위해 신하들을 서로 이간질 시키고 시험하는 것이다.

그러니 이것 자체를 피해 갈 방법이 없었다. 유일한 돌파구가 있다면 금나라에 가서 가능하다면 황제의 요구를 줄이고 고려에 유리한 비답을 얻어 오는 것뿐이었다.

"어려운 일입니다. 그렇지만 소자가 그곳에 가서 할 수 있는 일을 생각해 보아야겠습니다. 이렇게 가만히 앉아서 당하고만 있을 수는 없지 않습니까?"

정민은 마음을 다잡았다. 위기가 닥쳐오는데 숨을 방법이 없다면 정면으로 맞서서 돌파할 방책을 궁리해야 했다.

"쉽지는 않을 것이다. 그러나 그리해야겠지."

정서 또한 생각이 같았다.

"너무 심려치 마십시오."

"나 또한 나대로 움직여서 뒤에서 이러한 일이 누구 머리에서 나온 것인지 알아보아야겠다."

정서는 겨우 다시 얻게 된 기회를 쉽게 잃을 생각은 추호도 없었다.

그 자신을 위해서, 그리고 정민을 위해서 그는 어떻게든 지금의 위치와 권력을 지켜 낼 생각이었다. 문제는 임금이 여전히 자신들을 경계하고 있으며, 그들을 질시하는 세력의 말에 귀를 기울이고 있다는 것이다. 이러한 훼방을 견뎌내지 못한다면 다시 몰락이 찾아오게 될 터였다.

'아버님 말씀대로 이번은 쉽게 풀릴 일이 아니다.'

정민 또한 고민이 되는 노릇이다.

당장의 방법이 없으니 일단은 명을 받들어 금나라로 가는 진봉사절에 참여하는 수밖에 없었다.

이 문제가 워낙 크다 보니 예부에 출근하여서도 정민은 매일같이 이 문제를 어찌 돌파할지를 생각하느라 정신이 없었다.

그렇게 며칠이 지났을 때, 천주에서의 상행을 마치고 하두강과 오저군이 도착했다는 연통을 받았다.

하두강은 벽란도에서 상행의 마무리를 하느라 개경에 들어오지 못하고, 오저군이 벽란도에 내리자마자 개경으로 들어와 정민에게 상행의 결과를 보고하기 위해 찾아왔다.

"그간 평안하셨습니까?"

"나야 잘 있었지. 그대야 말로 무탈하게 다녀왔는가?"

정민은 오랜만에 보는 오저군의 얼굴이 반가웠다.

그간 잠시 장사에 관해서는 동래 행의 행수들에게 맡겨 두고서 과거를 준비하고 정치판의 엄혹함을 간접적으로 느끼느라 심신이 지친 터였다. 상행을 일으켜서 돈을 모으던 때의 즐거움이 그렇잖아도 그립던 차였다.

"저야 송나라 구경도 하고 즐거이 다녀왔습니다."

"그렇다니 다행이네. 어서 이리 앉아서 천주에 다녀온 이야기를 좀 해 보게."

정민의 말에 오저군은 자리에 앉아서 싸 들고 온 서류를 이것저것 늘어놓았다. 대부분은 어떠한 물건을 어떻게 팔았고, 그리고 벌어들인 돈으로 무엇을 사들여 돌아왔다는 내용의 회계 장부였다.

정민은 그 장부를 살펴보면서 감탄을 금치 못했다. 천주로 가는 상행을 준비하는 데 들어간 돈이 총 은병 6천

근에 달했었다. 이것은 그간 동래 행이 장사로 모아 둔 돈을 다 털어 넣고 거기에다가 하두강과 오저군도 돈을 조금씩 내어 만든 돈이었다.

그만큼 엄청난 돈이 투자된 것이니 실패란 있어서는 안 될 일이었다. 그리고 이것을 하두강과 오저군은 천주에서 은병 1만 1천 근에 달하는 돈으로 불려 왔다.

단 한 번의 상행으로 5천 근을 남겨 온 것이다. 이 돈의 대부분을 들여서 다시 천주에서 물건을 사 왔으니, 이것을 고려 땅에서 팔면 다시 또 이문이 남을 것이다.

"은병 6천 근으로 종래에는 은병 1만 5천 근은 만들겠군. 거의 세 배로 돈을 불린 것이 아닌가. 참으로 그대들의 재주가 대단하네."

"하 행수나 저나 상인으로서 잔뼈가 굵기는 하지만, 그래도 움직일 수 있는 돈에 한계가 있어 이렇게 큰 거래를 해 본 바는 없습니다. 나리께서 일찌감치 왜국과 갈라전을 오고 가며 큰돈을 마련하지 않으셨던들, 이렇게 남는 장사를 해 볼 엄두도 내지 못했겠지요."

"그래도 대단하네. 김유회가 수많은 벽란도 상인 가운데에서 자네를 추천한 이유가 있었군."

정민은 진심으로 감탄했다.

"물론 벌어들인 돈 가운데의 많은 부분은 다시 장사 규모를 늘리는 데 다시 사용되어야 할 것입니다."

"하 행수와도 이야기를 해 보아야겠지만, 제 생각에는 천주에 뿌리를 내리고 있는 두뉴나 행(行) 따위에 돈을 내어 부리는 것도 괜찮을 성싶습니다."

"좋은 생각이네."

오저군이 내어놓은 생각은 현대적인 관점에서 보면 꽤나 당연한 이야기였다.

타국의 시장에 진입하기 위해 그 나라의 기업체를 사들여서 현지화 하는 것은 고전적인 경영술이었다. 송나라는 동시대 기준으로 매우 상업이 발달한 나라라 신용거래와 초보적인 주식회사의 개념, 그리고 동업 조합 따위가 이미 존재하고 있었다. 이러한 송나라의 경제 기반을 이용하여 역으로 동래 행이 진출해 볼 수 있을 터였다.

"그렇지만 문제는 그 자금이 보호를 받을 수 있어야 하는데……."

"배를 타고 오고 가기만 할 것이 아니라 천주에도 사람을 상주시켜야겠지요."

"마땅히 그리해야 할 것이네."

정민은 오저군이 참으로 생각이 잘 뻗어 나가는 사람이라고 생각했다. 김유회의 경우는 성실하고 주어진 일에 대해서는 잘 소화해 내는 사람이었으나, 그 시대의 한계를 넘어서는 생각을 할 깜냥은 안 되는 이였다.

반면에 오저군은 달랐다. 그는 한 가지 사물이나 현상도 다양한 각도로 볼 줄 아는 자였고, 기회만 주어진다면 생각보다 상당한 능력을 보여 줄 사람이었다. 정민에게 지금 절실하게 필요한 사람이었다.

"그리고, 이것을 좀 보아 주십시오."

정민은 오저군이 비단보에 싸서 내민 상자를 받아 들고서 열어 보았다. 그 안에는 책이 십수 권 들어 있었다. 펼쳐서 내용을 살펴보고서 정민은 눈이 휘둥그레졌다.

"송나라의 책이 아닌가? 이건 농서들이고, 또 이건, 《몽계필담》이라……."

"경학으로부터 농경과 약학, 그리고 공인의 기술까지 다양하게 기록해 둔 책입니다."

정민은 감탄을 하지 않을 수 없었다.

아무리 현대에서 왔다고 하지만, 정민이 알고 있는 지식은 단편적인 것들이라서 갑자기 없던 기술을 만들어 내거나 할 수가 없었다.

고작해야 물을 퍼 올릴 수 있는 수차 정도를 농경에 이용해 본 게 전부였다. 그런데 동시대 최고의 기술력을 가지고 있는 송나라의 서책을 들여와 연구한다면 어떤 것이 장기적으로 파급력이 있을 것이고, 사회에 유용할 기술인지를 판단할 정도의 식견은 있었다. 그런 점에 있어서 이것들은 정민에게 꼭 필요한 책들이라 해도 과언이 아니었다.

"농서에는 이앙법과 시비법을 하는 방법에 대해서도 자세히 적혀 있구먼."

"필히 큰 도움이 될 것입니다. 하 행수를 설득하여 천주 바닥을 다 뒤져서 좋은 책들을 다 사 모았습니다. 오늘 가져온 것은 일부분이고, 벽란도의 창고에 이백여 권의 책을 모아 두었습니다. 모두 경서(經書)가 아니라 잡서(雜書, 기술서)입니다."

"지금 우리에게 필요한 것은 훈고(訓詁)가 아니라 기술일세. 잘하였네."

정민은 갑자기 심장이 뛰는 기분이었다.

송나라는 산업혁명 이전에 인류가 가장 높은 수준으로 도달했던 문명 가운데 하나였다. 몽골의 침입과 다른 한계들로 인하여 그 이상의 도약은 못하였지만, 당대의 고려와 비교해 보아도 송나라의 번영은 엄청난 수준이라 해도 과언이 아니었다.

그런 나라의 기술을 가져와 고려 땅에서 펼쳐 보이고, 발전시킬 수 있다면 고려의 미래도 사뭇 달라질 수밖에 없었다.

"또 한 가지 말씀 드릴 것이 있습니다만……."

"무엇이든지 말 해 보게."

"천주에서 화약이라는 것을 보았습니다."

"화약 말인가?"

오저군의 입에서 나온 예상치 못한 말에 정민이 놀라 되물었다.

"알고 계십니까?"

"들어는 보았네."

들어만 본 것이 아니라, 그것이 세계로 퍼져 나가서 인류의 역사에 지대한 위력을 발휘한 것을 정민은 잘 알고 있었다.

지금쯤 송나라에서는 화약이 활용되고 있을 것이라 생각해 보지 않은 것은 아니었지만, 만들 방법도 모르고 당장은 필요하지가 않으니 잊고 있었던 차였다.

"그것을 제조해 볼 필요가 있을 것 같습니다. 매우 다양한 용도로 활용될 수 있을 것입니다."

"그러나 그것이 쉽지는 않을 터인데……. 숯과 유황, 그리고 초석이 필요하지 않나? 숯이야 구하는 것이 어려울 것이 없고, 유황도 우리가 왜에서 사들여 오기에 충분하다고는 하나, 초석은? 또 초석을 구한다고 해도 그것을 어떻게 섞어서 만드는지는 아무도 모르지 않는가."

이번에는 오저군이 놀랄 차례였다. 그는 화약에 대해서 정민이 말하는 것을 듣고 당황하여 말문이 막혔다.

"어찌 화약에 대해서 그리 잘 아십니까?"

"아, 그냥 들은 것이 있어서일세."

정민은 대답을 얼버무렸다.

기껏 해야 숯과 초석, 그리고 유황을 배합하여 화약을 만든다는 것을 아는 정도의 지식이었으나, 그것 또한 송의 입장에서는 대외비로 바깥에 알려지지 않는 기술이었다.

"이 화약은 송나라에서 가장 중요하게 여기는 기술 가운데 하나입니다. 금나라 또한 회수 이북을 차지하고 이 기술을 얻기를 갈망하여 전국의 기술자를 다 불러모아 화약의 제조법을 기록하고 전래케 하였다고 들었습니다. 물론 그 정밀함이 송에 미치지는 못하나 금 또한 화약을 가지고 있다고 보아야겠지요. 다만 우리 고려에는 그 기술이 없으니 언젠가는 꼭 얻어야 할 것입니다."

"그대의 식견이 놀랍네."

정민은 오저군의 말에 고개를 끄덕이며 동의를 표했다.

화약을 제조하고, 그것으로 초보적인 화약 무기를 만든다고 해서 군사적인 열세를 뒤집을 수 있을 정도의 능력이 생기지는 않는다.

송나라는 화약 무기를 이용했으나 금에게 패하였고, 훗날 금 또한 화약 무기를 전쟁에 이용하였으나 몽골에게 짓밟히고 말았다. 적어도 그것이 더욱 발달하여 총포(銃砲)의 시대가 도래하지 않는다면 화약 무기를 사용한다는 것 자체로 군사적 이점을 점할 수는 없었다.

그러나 화약은 꼭 전쟁에만 이용하는 것은 아니다. 그것으로 만든 폭죽 같은 물건 자체가 매우 비싼 값에 거래되는 사치품이었으며, 광산의 채굴에 있어서 발파하는 일에 사용할 수도 있었다. 송에서는 이렇게 이미 다용도로 화약을 이용하고 있었다.

'그리고 어떻게든 조금만 앞서 나가는 화약 무기를 만들 수만 있다면, 혹여 모를 나중의 동란에 있어서 내게

힘이 되어 줄 것이다.'

고려의 힘이 깨나 있는 권문기족들은 제각기 사병을 거느리고 있었다. 임금이 덕화에 바탕을 둔 통치가 아닌 교묘한 정치 놀음으로 신료들을 찢어 놓는 방법으로 권력을 유지하게 만드는 것은 부분적으로 문벌귀족의 세력이 강하기 때문이었다.

그리고 이 문벌귀족의 세력의 강고함은 물리적으로 그들이 가진 땅과 재산, 그리고 사병으로부터 나오는 것이었다. 정서 또한 개경의 자기 저택에 30명 남짓한 사병들을 거느리고 있었다.

엄밀한 의미에서 사병은 왕권 강화에 큰 걸림돌이었고, 따라서 국법으로는 늘 경계되고 금지되고 있었던 것이다.

그러나 대귀족들이 노비를 거느리는 것을 금지할 수 없는 이상 사병은 늘 존재하는 것이나 다름없었다. 이들에게 무기를 쥐어 주는 순간 병졸로 탈바꿈 하는 것이다. 군대 규모의 사병을 먹이고 입혀 가며 거느리고 있는 귀족들이야 없었지만, 노비들 가운데의 일부를 전문적으로 무술 훈련을 시켜 가며 따로 무장시키거나 하는 경우는 빈번했다.

지방에서도 마찬가지인 것이, 호족들의 사병을 해체시키고 고을의 향군(鄕軍)에 편입시키려 하였으나, 실질적으로 그 고을의 관직을 호족가문에서 세습하는 이상 이들은 나라를 위한 병력이라기보다도 그 지역 호족의 사병 집단에 가깝다고 볼 수 있었다. 그러니 정민이 마음만 먹는다면 화약 무기로 무장한 군사를 거느리는 일이 불가능한 것은 아니었다.

"초석을 얻는 방법을 아는 자를 구해야 하네. 내가 아는 것은 거름더미를 잘 뒤지면 초석을 얻을 수 있다는 것인데, 나는 초석이 어떻게 생긴 것인지도 모르고, 정확히 어떻게 얻어야 하는지도 모르네. 동래에 가면 시비법으로 농사에 이용하고자 인분이 포함된 거름더미를 늘 모아 놓도록 하는데, 그곳에 가서 김유회에게 도움을 청해서 한 번 방법을 알아보도록 하게. 직접 찾아낼 수 없으면 송에서 다시 초석을 얻을 줄 아는 자를 어떻게든 수배해서 방법을 알아내야 할 것이네. 해 보겠는가?"

"올해 11월에 다시 출항하기 전까지 다행히 시간이 좀 많이 남아 있습니다. 바로 동래로 내려가 방법을 궁리해 보도록 하겠습니다."

"운이 좋아 초석을 일찌감치 얻는다고 해도, 화약을

제조하는 것은 하루이틀에 해결될 일이 아닐세. 시간이 좀 걸려도 좋으니 천천히 신경을 쓰도록 하고, 그대는 그 것 말고도 해야 할 일이 많으니 믿을 만한 사람을 구해다가 그 일을 지속적으로 맡기는 것도 괜찮을 걸세."

"심려치 마십시오. 머잖아 좋은 소식을 전해 드리겠습니다."

오저군의 얼굴이 활짝 개었다. 그는 역시 자기가 모실 주군을 잘 만났다고 생각하고 있었다.

정민이 단순히 돈 많은 문벌귀족으로 머물 사람이 아니라는 것은 이미 처음 본 순간에 간파한 오저군이었다. 그가 어떠한 길을 나아가게 될지 모르나, 화약의 진가를 바로 알아보고 확보할 일을 지시하는 것만 보아도 보통내기가 아니었다.

젊은 나이에 이 정도의 혜안을 보여 주고 있으니 시간이 지나면 자연스레 고려를 뒤흔들 군웅(群雄)의 하나로 성장하고도 남을 것이라는 게 오저군의 판단이었다. 그리고 오저군은 정민에게 패를 걸었다.

장마도 지나가고 다시 여름이 찾아왔다.

개경부중은 매미가 우는 소리로 가득했고, 송악산 기슭의 냇가에는 멱을 감으러 온 사람들이 가득했다.

정민도 아침 일찍 노복들이 길어온 찬 물에다가 몸을 씻고 나서 의관을 갖추어 입고 대령후저로 향하였다. 오랜만에 인사를 하러 가는 길이니만큼 개경 시전의 저전(猪廛, 돼지고기 가게)으로부터 고기를 잡게 하고 송나라의 고급차와 비단, 그리고 은병 10근을 챙겨서 향했다.

무역을 크게 하여 은병을 쉽게 벌고 팔다 보니 정민은 요즘 돈의 가치에 대해서 점차 무감각해지는 기분이 들었다.

산업시대이자 자본주의에 근간해 전 세계적인 무역이 이루어진 현대의 물가감각을 지금의 그것과 일대일로 비교할 수는 없었다.

그러나 정민이 느끼기에 은병 1근은 2030년대의 화폐가치에 견주어 보면 대략 적게는 100만 원에서 600만 원 사이의 값어치가 있었다. 대략 200만 원이라 잡아도 은병 10근이면 2,000만 원에 상당한다.

정서가 처음에 장사를 해 보라 내준 돈이 800근이었

으니, 16억 원에 가까웠고, 이번 천주 상행의 거래 규모가 1만 근에 가까웠으니 200억에 달하는 돈이다. 2030년대의 자장면 한 그릇 값이 평균 8천 원이고, 서울의 일반적인 38평 아파트 값이 대략 7억 남짓이었으니, 자장면 2만 5천 그릇, 아파트 28채에 해당하는 거래였다.

물론 개경에서 이 돈으로 집을 산다고 생각하면, 외딴 곳에 위치한 말 그대로 초가삼간인 경우에는 은병 석 근이면 충분하고, 기와를 올리고 20칸 정도 되는 괜찮은 집은 은병 20근은 주어야 했다.

그러니 대령후에게 선물하는 은병의 값어치가 적다고는 할 수 없었다. 그런데도 이제 정민에게 그 정도의 씀씀이는 가볍게 된 셈이었다.

'돈을 많이 벌기는 하였구나.'

정민은 은병을 챙기면서 새삼스럽게 그런 생각이 들었다.

비단 옷이나 고기요리는 당연하게 즐길 수 있고, 비단 이불을 깔고 고래 기름으로 등을 태우면서 편하게 잠을 청할 수 있었다.

개경 안에서 생활하는 동안에는 죠보훈을 타고 움직이

는 것 보다 노복들을 대동하여 수레를 타고 다니는 경우가 더 많았다. 고려에 떨어지자마자 겪어야 했던 노비 생활을 떠올려 보면 그야말로 천국과도 같은 삶을 누리고 있는 것이다.

'참으로 지옥 같은 세상이다. 신분이 높고 권세가 있고, 돈이 있는 자들은 하등의 부족함 없이 세월을 즐기건만 이곳에서는 잘 보이지도 않는 대다수의 백성들은 축생이나 다름없는 비참한 삶을 살아가고 있으니…….'

정민은 이러한 세태를 어떻게 바꾸어 볼 수 있을까 생각을 해 보았지만, 아직은 뾰족한 방법이 생각나지는 않았다. 당장에 정민이 어떻게 할 수 있는 문제가 아니었다.

그나마 동래현에서 늘어난 소출에 대하여 세율을 올리지 않고 농민들이 좀 더 가져갈 수 있게 해 주는 정도가 고작이었다. 한 사회의 생산 구조나 정치적 형태와 관련된 문제이므로 이것을 바꾸려면 엄청난 힘이 필요했다. 아직 정민에게는 그 정도의 능력이 없었다.

'길게 보도록 하자. 고려에서의 내 싸움은 이제 겨우 시작되었을 뿐이다.'

생각에 잠겨 있는 사이, 정민이 탄 수레는 대령후저의

앞에서 멈추어 섰다.

정민은 수레의 발을 걷고 내려서, 대령후저의 앞에 섰다. 대령후저를 지키는 병졸들은 정민의 모습을 익히 알기에 정중한 인사를 한 뒤에 문을 열고 길을 비켜 주었다.

"오랜만이네."

"그간 강녕하셨습니까?"

대령후는 돌로 바닥을 깐 정원의 누정(樓亭)에서 왕연과 함께 바둑을 두고 있었다. 정민은 먼저 대령후에게 무릎을 꿇어 인사를 한 다음, 시선을 돌려 왕연에게도 인사했다.

"연이도 잘 지냈느냐?"

"오라버니, 등과를 축하 드려요. 관직에 나아가셨으니 이제 포부를 펼치셔야지요."

왕연은 정민을 향해 활짝 웃어 보였다.

점차 아름다워져 가며 여인의 성숙함을 드러내기 시작하는 왕연이었다. 정민은 호선을 그리는 그녀의 눈매에 그만 기분이 먹먹해졌다.

어디서 본 눈매인가 생각했더니, 현대에서 자신이 사랑해 마지않았던 정아의 그 눈매였다. 다르발지가 정아를 잊게 해 주었다면, 왕연은 그녀를 떠올리게 하고 있었다. 왕연에게 마음이 끌리면서도 그간 왜 그것을 부정하려 했는지 돌이켜 보니, 그녀의 앳된 얼굴에서 정아의 모습을 보았던 것이리라.

"오라버니, 왜 말씀이 없으세요?"

"아, 아니다. 날씨가 덥다 보니 더위를 좀 먹은 모양이야."

정민은 얼굴에 살짝 미소를 띠우며 왕연에게 대답했다.

"어서 앉아서 나와 함께 바둑이나 두세. 수정과도 준비해 놓았으니 시원하게 한잔 들이키시고."

대령후가 재촉하여 정민은 그의 맞은편에 앉았다.

대령후는 따로 쓸 만한 돈줄을 쥐고 있는 것은 아니었으나, 그래도 왕족의 살림이다 보니 가구나 기물이 모두 고급이었다. 자기로 만든 의자와 탁상은 푸른 빛깔로 빛나고, 의자에는 화문석이 놓여 있었다. 탁상 위에는 흑요석(黑曜石)을 다듬어 만든 바둑판이 올라가 있었다. 바둑돌도 모두 진주와 옥으로 만들어진 것이었다.

"바둑은 좀 둘 줄 아는가? 내가 딸아이 하고만 바둑을 두고 있으니 좀 심심해서 말일세."

"실력이 모자라 감히 상대가 되어 드릴 수 있을지 모르겠습니다."

"뭐, 그래도 연이보다야 잘 두지 않겠나?"

"차를 좀 준비해 오도록 하겠어요. 그동안 두 분이 즐겁게 바둑이나 두셔요."

대령후는 그렇게 말하고서는 왕연을 바라보며 비죽이 웃었다. 왕연은 아버지의 농담에 삐진 척, 입술을 배시시 내밀고서는 자리에서 물러갔다.

"자네 밑에 있는 하두강이라는 자가 장기는 물론이거니와 바둑 또한 그리 잘 둔다는 이야기를 들었네만."

"수준이 매우 높습니다."

"언제 한 번 불러다 주겠는가? 폐하의 눈치를 보아 사람과 쉽게 어울리지 못 하여 심심파적이 쉽지 않네. 장사치를 불러다 바둑을 두었다고 해서 뭐라고 하지는 않을 터이니, 하두강을 불러서 바둑이나 배우고 했으면 좋겠네만."

"조만간 천주에 다녀온 상행의 뒷정리가 마무리 되는 대로 하두강을 보내겠습니다."

대령후가 백돌을 잡고, 정민이 흑돌을 쥐었다.

대령후는 정민이 엄살을 피우자 그에게 먼저 몇 수를

두고 시작할 수 있도록 허락했다. 그렇게 바둑을 두기 시작하여, 서로 집을 만드는 동안 둘은 이런저런 이야기를 나누었다.

"상선을 송나라 천주까지 보냈단 말인가?"

"기왕에 장사를 제대로 벌이기로 작정하였으니만큼, 큰돈이 되는 송나라에 들어가지 않으면 아니 되지요. 다행히 손해를 보지 않고 많은 이문을 남길 수 있었습니다."

"대단하군. 나도 언제고 한 번 송나라에 가 보고 싶었네."

"송과의 국교가 끊어진 것이 참으로 아쉽습니다."

"현실적으로 어쩔 수 없는 노릇이지. 육로로 모든 국경을 금나라와 접하고 있는 우리 고려로서는 금나라의 비위를 거슬러서 좋을 것이 없네. 너무 굴신하는 것도 좋지는 않지만 정삭(正朔, 책력)을 받고 연호를 쓰는 정도야, 사실상 어쩔 수 없는 노릇이 아닌가."

"힘이 충분하지 않으니 사실 그것이 최선이지요."

"예전에 우리 고려가 국력이 튼튼할 때에는 요와 송 사이에서 큰 이득을 취할 수 있었네. 천하를 솥발처럼 나누어 정(鼎)의 지세를 취하였던 것이지. 그런데 지금은 금이 강대하여 천하를 송과 양분하고 고려는 안으로부터 무너져서 기존의 기상을 잃어버렸으니 참으로 안타까운 노릇이 아닌가."

쥐고 있던 바둑돌을 탁, 하고 놓으면서 대령후가 말했다.

"그것이 바로 제가 장사치와 어울려 재물을 모으는 이유입니다."

"무슨 뜻인가?"

"고려는 땅이 넓지 않고 북동에 걸쳐 있는 좁은 지세에 겨울이 길고 산이 험하여 농산물의 소출이 많을 수가 없습니다. 소출이 적으면 나라가 길러 낼 수 있는 인구가 적고, 그나마 많지 않은 인구도 대귀족의 장원에서 노비가 되어 있거나, 자기 땅을 경작하더라도 세금의 수탈이 어마어마하지요. 그런데 그것으로 일하지 않는 수많은 승려와 귀족의 자제들을 먹여 살리고 있으니 나라가 부강해지기 어렵습니다. 그렇다고 남의 땅을 쳐서 농지를 늘릴 군사력도 없으니 그것 또한 해결책이 못 되지요. 오로지 방법은 재물로써 나라를 부강하게 하는 것입니다."

"자네가 하는 것은 자기 재물을 늘리는 것이지 나라의 창고를 채우는 것은 아니지 않는가?"

"아직은 그렇지요……."

정민의 말에 대령후의 눈이 번뜩 뜨였다. 방금의 말은 여러 가지로 해석될 수 있는 여지가 있었다. 그러나 대령후는 그것에 대해서 뭐라고 말꼬리를 잡고 캐묻는 대신에 다른 주제로 이야기를 돌렸다.

"폐하께서 자네에게 연이와의 결혼에 대해서 문제 삼지 않겠다고 말씀하셨다는 이야기를 들었네만."

"예. 일전 선인전에 들어갔을 때 그렇게 말씀하셨습니다. 그러나 동시에 경고도 하시었지요."

"무엇 하나 쉽게 주는 성격이 아니시다. 폐하께서는."

대령후는 고개를 저으며 한숨을 쉬었다. 그래도 그 표정이 썩 어둡지만은 않았는데, 어찌 되었든 딸의 혼삿길이 이제 정해졌다는 생각에서였다. 다시 한 수를 정민과 주고받고 나서, 대령후는 정민에게 물었다.

"그렇다면 날짜는 언제로 잡는 것이 좋겠는가?"

"황명을 받들어 가을에 진공사절에 참여하여 금나라 중도를 다녀와야 할 듯합니다."

"올해 중으로는 어렵겠군……."

"여러모로 아직은 시기가 좋지 않습니다."

"기왕에 기다리기로 한 것이니 한 해 정도 더 기다리는 것이야 문제가 되겠는가. 그리고 혹시나 해서 말하는 것인데, 연이와 결혼하여 나를 장인으로 섬기게 되는 것을 정치적 부담이라 생각한다면, 결국에는 그렇지 않게 될 것이라 내 미리 조언하겠네."

"제가 어찌 그런 생각을 하겠습니까."

"아닐세. 사람이니, 더군다나 자네처럼 야심이 있는 자라면, 더더욱 그런 생각을 할 수 있지. 암. 그러나 세태는 결국 변하게 될 걸세. 그때에 자네와 내가 어떤 역할을 맡게 될 지는 아직 모르는 일이지."

대령후는 사람 좋은 미소를 지으며, 다시 바둑돌을 집어 들었다. 그리고 그것을 놓고 나서는 정민을 빤히 보며 말했다. 그 자리에 대령후의 돌이 놓임으로 인해서 정민의 마지막 집이 날아갔다.

"보시게. 이야기 하는 사이에 내가 자네를 털어먹지 않았는가? 앞으로 내가 또 어떤 역할을 맡게 될지는 모르지만 하늘은 아직 나를 버리지 않았네. 천하도 정치도 다 바둑판에서 한 줌 다르지 않단 말이야. 아시겠는가?"

"복중(腹中)에 어떠한 마음을 품고 계시는지 저로서는 알 도리가 없는 듯합니다."

"이 사람 보게. 말이 그렇다는 말이지 누가 들으면 내가 역심이라도 품고 있나 하겠네."

정민은 대령후의 차분하게 가라앉은 눈을 보았다.

얼핏 보기에는 살짝 주름이 진 웃는 눈가 아래에 선한 심성이 있으리라 생각하겠으나, 대령후의 마음속에 있을지 모르는 염화(炎火)가 멈춰 있는 눈동자 아래에서 거세게 타오르는 것이 정민에게는 보였다.

'과연 일찌감치 왕재(王才)로 두각을 나타냈던 왕자이시다. 모든 절망을 겪은 뒤에 다시 개경으로 돌아왔으나 그 기운이 꺾인 것이 아니라, 도리어 되살아 타오르고 있다.'

정민은 장인이 될 이 왕제(王弟)를 어떻게 판단해야 좋을지 감이 서지 않았다.

그를 직접 만나기 전에 받은 인상은 세파에 치여서 어떻게든 여생을 조용히 보내고 싶어 한다는 정도였다.

그러나 직접 만나 본 대령후는 달랐다.

어째서 임금이 그에게 찬탈의 공포를 느꼈는지 짐작이 갈 정도였다. 그러나 확실한 것은 대령후는 큰 위험을 불사하고서라도 대망을 이루고자 하는 사람은 아니라는 것이다. 그보다는 은밀한 가운데 조용히 일을 도모하는 성격에 가까워 보였다.

"바둑은 잘 두었네. 다음에는 하 행수를 한번 불러다

주게.”

대령후는 그렇게 말하고 나서 자리를 일어났다.

정민은 오수(午睡)를 즐기러 가는 대령후의 뒷모습에 허리를 숙여 인사했다. 대령후가 자리를 물린 뒤, 혼자서 수정과를 한 모금 들이키고 있으니 왕연이 어느새 다가와서 대령후가 있던 자리에 몸을 앉혔다.

“보아하니 오라버니께서 바둑을 지신 모양이시군요.”

“너도 바둑을 좀 아느냐?”

“아버지가 워낙에 바둑을 즐기시니 저도 보고 배운 것이 있지요.”

정민의 말에 왕연이 배시시 웃으며 대답했다. 그러고서는 바둑 돌 몇 개를 걷어 내고서는 다시 두기 시작했다. 보지 않았어도 대충 어떠한 모양으로 진행된 대국인지 눈짐작이 가는 모양이었다. 마지막 몇 수를 바꾸어 두니, 전세가 확연이 달라져서 이번에는 정민이 압도하는 형국으로 바뀌어 있었다.

“보세요. 바둑이란 것이 조금만 달리 두어도 흐름이 완전히 바뀌곤 해요.”

“그렇구나.”

왕연은 살짝 흐트러져서 이마 앞으로 내려와 바람에

흔들리는 머리를 쓸어 넘기고서는, 정민을 바라보았다. 그녀의 눈매가 참으로 아름답다고 정민은 생각했다.

"아버님은 오라버니를 매우 높게 평가하세요. 혈혈단신 홀로 일어서서 동래 정 씨를 손에 얻고, 그 가문을 다시 일으켜 개경에 올려 보낸 것이 보통의 사람이 할 일이 아니라고 말하시면서요. 천안에 계실 때만 하더라도 세상을 다 잃은 것처럼 지내셨는데, 요즘 들어 예전의 기력이 다시 살아나고 계세요. 모두 오라버니 덕분이라고 저는 생각해요."

"……그러니."

"하지만 저는 두 분 모두 조금 조심하셨으면 좋겠어요. 바둑돌이 움직이지 않는 상황에서도 상대방은 수를 생각하지 않겠어요? 지금 물 위가 잠잠하다고 언제고 파란이 일지 말라는 법이 없지요."

"너는 걱정하지 않아도 좋아. 모든 일이 결국에는 잘 되고 말 것이다."

"힘이 없는 아녀자라서 그래요. 할 수 있는 것이라고는 규방(閨房)에서 사내들이 하는 일에 그저 걱정을 삼키면서 잠을 못 이루는 게 전부지 않겠어요? 그러나 사내가 밖에서 일을 그르치면 그 잘못은 그 가족이 모두 뒤집어쓰게 되지요."

왕연은 새초롬하게 눈을 찡그리며 그렇게 말했다. 그러고서는 몸을 일으켜서 정민의 곁으로 다가와 말을 이었다.

"금나라로 가게 되셨다고 들었어요. 부디 건강을 챙기시어 몸 성히 돌아오셔요."

정민은 그녀에게 가만히 고개를 끄덕여 주었다. 왕연은 살짝 눈웃음을 지으며 중문(中門)을 나갔다.

정민은 혼자 앉아서 바둑판을 지긋이 보며 잠시 앉아 있었다. 그 또한 다음 수를 천천히 생각해 보아야 할 때가 된 것이다.

❖ ❖ ❖

6월 말. 임금은 직접 대전에 거둥하여 조칙(詔勅)을 내려 가을에 금나라 중도로 출발할 진봉사(進奉使)의 인선을 확정하였다.

정사(正使)는 대령후 사건에 휘말려 지방관으로 좌천되었다가 최근 봉원전대학사(奉元殿大學士)로 복직되었던 최유청(崔惟淸)을 예빈경(禮賓卿)으로 삼아 임명하고, 예빈소경(禮賓少卿) 김순부(金淳夫)를 부사(副使)로 삼았다.

이 외에도 젊은 관료들이 다수 이 진봉사절단에 참예하게 되었는데, 예부원외랑 정민, 중서문하성낭사의 간관 김정명, 그리고 사문박사(四門博士) 유공권(柳公權) 등이 그들로, 지난 몇 년간 과거에 급제하여 관직에 나아간 이들이었다.

"이번 사행은 잘되어 봐야 본전치기이고 일이 잘 풀리지 못하면 두루 문책당하고 앞으로의 관운이 막혀 버릴 무덤이 되는 일 아니오?"

"준재들이 참으로 안 되었소이다. 금에서 공녀를 요구하는 것도 전례 없는 일인데, 여기에 해동청을 준비하라니요……. 조정에서도 노비 계집 열 정도를 환속시켜서 보내고, 해동청도 고작 다섯 마리 정도만을 구했으니 그야말로 금나라 황제에게 목을 내놓으러 가는 길 아닙니까."

"금나라 황제가 아무리 미쳤기로서니 그래도 사절단의 목을 베기야 하겠습니까?"

"그야 그렇소만……. 여하간 그러한 과도한 공물을 바칠 수 없다는 것을 세 치 혀로 에둘러야 하는 사절단이오. 일이 잘되기도 어렵고, 혹여나 그르칠 경우 개경에 돌아와서 문책을 면하기 어려울 것이니……."

"익양후 사건 이후, 일전의 대령후 사건 때에 파직되었다가 복직된 자들의 힘을 다시 빼 놓으려는 암중모략 아니겠습니까."

"에이, 확실하지 않은 것은 말씀을 하지 마시오."

이번 사행이 이래저래 져야 할 부담이 많은 것이다 보니, 그 인선을 두고 관가에서는 설왕설래 하며 말이 많았다.

금나라는 그간 고려에게 군신의 예를 요구하면서도 공녀와 같은 무리한 공물을 바라지는 않았다. 때문에 고려로서도 실익을 위한 사대라는 명분을 내세워 오랑캐에게 굴종한다는 내부의 비판을 다독일 수 있었던 것이다.

그런데 최근 들어 금나라의 힘이 더더욱 강대해지고, 금 황제인 완안량이 황음(荒淫)을 일삼고 여색을 탐하다 못해 천하의 미녀를 모은다는 명목으로 공녀를 요구해 온 것이다. 물론 공식적인 이유는 연 두 차례 보내야 할 사절단을 한 번만 보내 왔으므로, 그에 대한 징치(懲治)로 공물을 늘린다는 것이었다.

고려로서는 이러한 요구는 도저히 수락 가능한 것이 아니었다. 더군다나 최소한 귀족집안의 여식을 공녀로 보내라는 것은 더더욱 받아들일 수 없는 것이다.

그렇다고 금나라 황제의 칙명을 무시할 수도 없으니 대충 10명의 노비 계집을 환속시켜 공녀로 삼고, 보내라는 해동청도 겨우 다섯 마리만 구해다가 바치는 것이다. 문제는 이것이 자칫하다가는 금나라 황제를 모욕하는 행동으로 비춰질 수 있다는 것이었다. 그렇기 때문에 사절단의 역량이 매우 중요하게 된 것이었다.

"최유청이 정사에 사절단에 정민과 김정명 등이 포함이라……."

김돈중은 팔목에 앉힌 사냥매를 쓰다듬으며 중얼거렸다. 소위 해동청이라 불리는 고려 사냥매 가운데에서도 가장 좋은 매였다.

"임금이 마음을 달리 먹었더라면 형님의 매도 금나라에 바치기 위해 내어놓아야 했겠지요."

김돈중의 옆에서 과녁에 활을 겨누던 김돈시가 말했다.

"설마하니…… 폐하께서 아무리 생각이 없으셔도 그러지는 않을 것이야. 금나라에 저항한다는 것을 명분으로 삼아 서경에서 변란이 일어난 것이 고작 서른 해 정도가 지났을 뿐이다. 금나라에 굴신할수록 언제고 이러한 역란(逆亂)이 준동할 수 있어. 그런데 대신들의 집을 털어서 해동청을 빼앗아 금나라에 바친다? 임금이 미치지 않고서야 그럴 수 없지."

"매사냥이야말로 사치 중의 사치이니, 나라의 기강을 바로 잡는다고 하여 그럴 수 있지요."

"아서라. 임금이 가장 즐기는 것 중에 하나가 매사냥이 아니더냐. 누가 누구더러 뭐라 하겠느냐."

김돈중은 그렇게 말하고서는 팔목을 들어 매를 훨훨 날려 보냈다.

잘 훈련된 매는 통신용으로 쓸 수 있을 정도였다. 제멋대로 날아다니다가도 때가 되면 자기가 있어야 할 곳으로 돌아오는 본능 덕분에 새장 같은 곳에 가둬 두지 않아도 되었다.

"그나저나 누가 뒤에서 사절단의 인선을 뽑아서 임금에게 가져다 바쳤을까요?"

"흐음……. 사실 누구든지 그럴 수 있지. 지금 정서가 다시 세력을 키우고 궐 안에서 대두되는 것에 두려움을 느끼는 자들은 얼마든지 많으니까."

"혹여 형님은 아니십니까?"

김돈시가 활의 시위를 놓았다. 바람을 가르는 소리를

내며 날아간 화살은 과녁의 정중앙에 박혔다.

김돈중은 화살 소리를 듣고 등이 뻣뻣하게 순간 굳었다. 송악산의 어전 사냥에서 일어났던 일을 생각하면 지금도 소름이 쭈뼛했다.

“아직까지 동래 정 가와 우리는 함께 갈 수밖에 없어. 송악산에서의 일이 있은 지 이제 채 1년이 지나지 않았다. 그들도 우리가 없으면 곤란하고, 우리도 그들 없이는 조정에서 세를 더 키우기가 어렵다. 그런데 굳이 남 좋으라고 내가 정서와 정민을 쳐 낼 이유가 없지.”

“그렇지요. 그렇다면 환관일까요?”

다시 질문을 던지며 김돈시는 시위에 다시 화살을 먹였다.

문관가의 자제답지 않게, 김돈시는 글보다는 활에 더 능했다. 그는 수시로 이렇게 집안에 마련된 활터에 나와서 연습을 하곤 했다.

좋게 말해도 무에 능하다고 할 수 없는 김돈중은 활에도 그다지 흥미는 없었다. 그는 동생이 활을 다시 치켜든 것을 무심히 쳐다보며 입을 열었다.

“왕광취, 백선연, 어느 누구라도 될 수는 있지. 그러나 그자들은 모략에 능하다고는 하지만 벌써부터 정가를 쳐 내기에는 자기들 기반도 아직 불안하다는 것을 잘 알 것이다.”

“그렇다면요?”

“익양공 사건에서 가장 위기를 느낀 자들이겠지.”

“최여해가 낸 사달 때문에 동경 최가가 위축되기는 했지요. 그러나 그런 만큼 지금 시점에서 더 나서기는 힘들었을 텐데요?”

“물론 동경 최 가가 위험을 느끼긴 했을 것이다. 더군다나 그들은 우리와 함께 동경을 기반으로 삼아 서로 협력도 하지만, 경쟁도 하는 이들 아니냐? 정서의 힘을 빼어 우리의 힘까지 함께 뺄 수 있다면 좋아할 자들이기는 하나, 네 말대로 지금은 나서기 힘들 것이다.”

“그렇다면 대체 누구일까요?”

김돈시는 다시 한 번 시위를 놓았다. 또 명중이었다.

“내 생각에는 이 모든 사태에도 불구하고 움직이지 않고 있던 간신이 하나 있다.”

“그게 누구입니까?”

“이번에 우승선이 된 최포칭(崔褒偁)이 있지 않느냐?”

김돈중의 말에 김돈시의 표정이 굳었다.

“수성(隋城, 現 경기도 수원) 사람 최포칭을 말씀하시는 게지요?"

"그럼 다른 최포칭이 있더냐."

"그래도 그자는 문반 귀족의 일원 아닙니까?"

"크게 보면 우리처럼 문벌로 벼슬하는 자들은 다 한편이라고 할 수 있겠으나, 사실은 그렇지 않다는 것을 너도 잘 알지 아느냐. 특히 우리나 동래 정 가처럼 먼 지방에서 출사하여 가문을 일으킨 집안과, 본래 개경에서 머잖은 곳에서 장원을 가지고 오랜 세월 영화를 누려 온 가문들은 다른 법이지."

"그래서 최포칭이 권력 배분을 조정하고자 나섰단 말씀이십니까?"

"그야 모르지, 그저 추측일 뿐……. 최포칭 이외에도 다른 자들이 가담했을 수도 있고. 환관들이 한 것이 아니라면 최포칭 정도는 되는 인물이 상주를 해야 임금의 귀에도 그럴싸하게 들리지 않겠는가?"

김돈중의 말에 김돈시가 들고 있던 활을 사대(射臺)에 놓고 가까이 다가와 섰다.

"형님은 이제 어찌하실 생각이십니까?"

"일단은 지켜보자. 당장은 우리가 할 수 있는 일이 없지 않느냐?"

김돈중은 묘한 미소를 얼굴에 올리며 말했다.

❖ ❖ ❖

북방의 여름이 끝나가고 있었다. 다르발지는 웅장한 산맥 아래로 드넓게 펼쳐진 목초지를 말을 타고 내달렸다.

그녀는 말을 달릴 때만은 세상의 모든 근심으로부터 벗어나 자유롭게 되는 기분이었다. 이 갈라전의 험준한 땅을 끼고 사는 여진인들에게는 말은 벗이요, 가족이었다. 그것은 다르발지에게도 마찬가지였다.

비록 여인의 몸으로 태어났으나 그녀의 마술(馬術)은 남자들에게 전혀 뒤처지지 않았고, 마상에서 활을 쏘는 솜씨도 발군이었다. 멀리서 그녀를 피해 도망가고 있는 사슴을 보고서 그녀는 말을 달리는 채로 매우 부드럽게 등 뒤에서 화살을 뽑아 시위를 겨누었다.

사슴은 자신의 뒤에서 화살이 날아올 것이라는 사실을 아는지 모르는지, 뒤를 돌아보지도 않고 수풀에 몸을 숨기고자 모든 힘을 다해 달리고 있었다. 다르발지는 사슴의 그러한 모습을 보고서 시위에 재웠던 화살을 다시 전통(箭筒)에 집어넣었다.

"휴우……."

쫓던 사슴을 놓아 주고 나서, 다르발지는 잠시 말을 멈춰 세운 다음, 허리춤에서 가죽 물통을 꺼내어 물을 들이켰다. 시원한 물이 가슴깊이 타고 내려가는 것을 느끼며, 그녀는 긴장을 풀며 숨을 내쉬었다.

'상공이 가을이면 중도로 오신다고 하는데, 이 일을 상공께 가져가야 할지 모르겠구나…….'

그녀는 얼마 전 도착한 정민이 보낸 서찰 때문에 마음이 심란했다.

정민이 금나라 조정으로 보내는 고려국의 진봉사절에 포함되어 중도로 떠나게 되었다는 내용이었다. 금나라에서도 변방인 갈라전과, 황도(皇都)인 중도는 수천 리 길이요, 고려사신이 중도로 가는 길목도 아닌 갈라전을 들려 지나갈 일도 없으니, 사실 정민이 금나라로 입경한다 하여도 다르발지와 보게 될 일은 없었다.

연을 맺고 고려로 정민을 돌려보낸 지 날을 세어 보니 벌써 1년이 지나가고 있었다. 원래 3년을 기약하고 기다리기로 한 다르발지였으나, 하루하루 정민에 대한 생각이 점차 깊어져 가고 있었다.

여인의 몸으로 중도로 혼자 가는 것은 매우 어려운 노

릇이었지만, 불가능한 것은 아니었다. 멀리서라도 정민의 얼굴을 한 번 볼 수 있다면 다르발지는 그러한 고생도 감내할 준비는 되어 있었다. 그래서 서찰을 받자마자 다르발지는 먼 여행을 할 준비를 마치고 말에 올라 서쪽으로 내달리기 시작했던 것이다. 그런데 중도를 향해 여정을 떠난 지 사흘 만에 그녀는 매우 복잡한 상황에 처하게 되고 말았다.

"그때 구해 주지 말았어야 하는데."

다르발지는 한숨을 내리쉬며 중얼거렸다. 그녀는 지금 주린 배를 채우길 기다리며 산 아래 장막에서 벌벌 떨고 있을 계집아이를 떠올렸다.

다르발지가 사는 부구가샤의 머잖은 곳에 북송 황족의 말예(末裔)들이 끌려와 유배 생활을 하고 있는 곳이 있었다.

이 황족들 가운데 남자들은 나이가 차면 노비로 팔려가거나 하는 수난을 겪기도 했고, 여자들은 금나라 고관들의 첩으로 보내지기도 했다.

이들은 어떻게든 송나라 황족으로서의 자존심을 지키기 위해 자녀들을 교육시키고 배가 주려도 체면을 지키고자 노력하였으나, 사방이 여진족들로 둘러싸인 곳에서

탈출을 하거나 하는 것은 엄두를 낼 수 없었다.

그러나 사실 그들이 어떻게 지내든지 그것은 다르발지와는 그다지 상관없는 일로, 관심을 기울인 적도 없었었다. 그런데 어제는 그렇지 못했다.

"멈춰라! 무슨 일이냐? 어디서 오는 놈이냐?"

다르발지가 보다 안전한 여행을 위해 남장을 하고 갈라전의 경계 지역을 통과하던 때에, 산중의 좁은 길에서 못 볼 장면을 보고야 말았다.

수풀 가운데에서 여자의 날카로운 비명 소리가 들리더니, 이내 남자 둘이 주섬주섬 바지춤을 추스르며 일어나 창을 겨누고 다르발지에게 향해 왔다.

"서쪽으로 여행하는 과객이오. 길을 비켜 주시오."

문제를 만들고 싶지 않았던 그녀는, 최대한 목소리를 낮추고 남자처럼 굴며 말했다.

그러나 남장을 하였다고 해서 그녀의 미모는 가려지는 것이 아니었다. 무장한 사내들은 이상하다는 표정으로 다르발지를 훑어보더니, 이내 허리춤에서 골반을 향해 시선을 내리고서는 자기들 끼리 신호를 주고받았다.

"어디서 계집년이 남자도 없이 혼자 여행을 다니는 것

이냐?"

"이놈도 우리의 몽둥이맛을 보여 줘야겠다. 흐흐."

여진족 사내 둘은 창을 꼬나 쥐고서 다르발지를 겁박하여 말에서 내리게 하려 했다. 다르발지가 등에서 활을 뽑아 들고 시위를 먹인 다음에 힐끔 수풀 안을 보니, 젊은 여자 하나가 윗옷이 거의 풀어헤쳐진 채로 벌벌 떨면서 그녀를 보고 있었다.

입술을 옴짝거리며 무어라 하는데, 잘은 모르겠지만 도망가라고 하는 것 같았다. 그러나 다르발지는 그냥 물러갈 생각이 없었다.

"내가 가야 할 길을 가는데 여자인지 남자인지가 그렇게 중요한가?"

다르발지가 활을 겨누자 창을 쥐고 다가오던 사내 둘은 잠시 당황하여 걸음을 멈추고 있었다. 다르발지가 그들을 쏘아보며 묻자 그들은 짜증이 난다는 듯 그녀를 비꼬며 대답했다.

"여자 혼자 이 위험한 산길을 다니고 있으면 한 번 박아 주십쇼, 하고 가랑이를 벌리고 흔드는 거지."

다르발지는 사내의 말에 화가 머리끝까지 치솟았다.

보아하니 가난한 여진족 마을 출신으로 결혼도 못한

채 나이를 먹고 있는 남자들이었다. 어떻게든 여자를 품어 볼 마음에 발정이 나 되지도 않는 말을 지껄이고 있는 꼴을 보니 한심하기 그지없었다.

"그러니 그만 앙탈을 부리고 말에서 내려와 우리랑 놀잔 말이야. 그렇잖아도 남자는 둘인데 계집은 하나라 아쉽던 차였는데 어때?"

남자 둘 가운데 보다 괴팍하게 생긴 놈이 활을 겨누고 있음에도 무시하고 창끝으로 그녀를 향해 희롱하며 다가왔다. 보자 하니 그놈에게 신경 쓰느라 사각이 생길 때 다른 한 놈이 달려들어서 그녀를 끌어 내릴 생각인 듯했다.

"어딜!"

그녀는 한쪽 다리를 들어서 다가오는 놈의 창을 튕겨낸 다음에 화살로 그의 다리를 맞추고, 재빠르게 다시 화살을 시위에 장전했다. 반대쪽에서 다가오던 남자도 순간 벌어진 일에 당황하여 잠시 굳어 있었다.

"네 동료를 끌고 지금 당장 사라지지 않는다면, 내 화살이 이번에는 너를 향할 것이다. 어서!"

다르발지의 외침에 그는 머뭇거리더니 이내 다리에 화살을 맞고 비명을 내지르고 있는 동료를 업고서 산길을 내달리기 시작했다.

후환거리를 만들지 않기 위해 도망가는 놈의 등에 화살을 쏠까 다르발지는 잠시 고민했으나, 살생은 내키지 않아 그만두고서 말에서 내려와 수풀 속에 있던 여자에게로 다가갔다.

분명히 청초한 미인이었으나, 머리는 마구잡이로 헝클어지고, 허름한 옷은 아까의 남자들에게 여기저기가 찢겨 나가 꼴이 말이 아니었다. 그래도 다르발지가 나타난 덕에 그나마 다행히도 욕을 보지는 않은 듯했다.

"감사합니다."

그녀는 다르발지를 보고서 한숨을 돌리며 말했다. 약간 서투른 여진 말투에 다르발지는 조금 의아해서 그녀에게 되물었다.

"그대는 뭐하는 여자지? 여진 사람이 아닌가?"

"나는 대송의 황녀입니다. 조인영(趙璘英)입니다."

그녀의 대답을 듣고서야 다르발지는 벌어진 일이 무엇이었는지를 알 수 있었다. 아마 인근 여진 부락의 남자들이, 송나라 황족들이 모여 사는 마을에서 상부에 첩으로 바칠 황족 여자 하나를 압송하다가 음욕이 들어서 일을 저지르려 했던 모양이었다.

"망한 나라의 황녀가 대체 무슨 소용인가?"

다르발지의 이죽거림에 조인영은 얼굴이 벌개졌으나 자기 처지를 아는지, 무어라 대꾸를 하지는 않았다.

"그나저나 곤란하게 되었네, 정말……."

송나라 황녀를 첩으로 보내기 위해 끌고 가려고 하던 자들이었으므로, 어찌 되었든 상부의 명령을 수행하던 것이다. 중간에서 그녀를 겁간하였다면 그것만으로도 죄를 지은 것이지만, 갑자기 다르발지가 나타나는 바람에 황녀는 황녀대로 빼앗기고 자신들은 도망쳐 왔으니, 어떻게든 죄를 다르발지에게 뒤집어씌우려고 할 것이다.

처음에는 여자만 구해다가 마을로 돌려보낼 생각으로 남자들을 살려 준 것이었으나, 상황이 이렇다면 그들이 이 산을 빠져나가게 할 수 없었다.

"여기서 기다려라."

다르발지는 조인영에게 그렇게 말하고서는, 말을 묶어 두고 재빠르고 조심스러운 걸음으로 숲을 헤치고 나아갔다.

핏자국이 떨어져 있는 것을 뒤쫓으니, 역시 멀리 가지 못하고 피를 많이 흘려 헐떡거리는 화살 맞은 사내를, 다른 사내가 눕히고 지혈을 하려 하고 있었다.

'다 너희가 저지른 죗값이라 생각해라.'

다르발지는 내키지 않았으나 일이 이렇게 되었으니 화살을 놓아 그들을 처리할 수밖에 없었다. 갑자기 날아온 화살에 영문도 모른 채로 여진족 남자 둘은 결국 눈을 감았다.

그 뒤에 다르발지는 다시 조인영에게로 돌아와 그녀를 말에 앉히고서 장백산(長白山)의 산도를 내려왔다. 산기슭에 천막을 치고서 조인영이 기력을 회복할 때까지 머물기로 한 다르발지는, 오늘 먹을거리를 좀 구하기 위해 사냥 삼아 들판으로 나왔던 것이다.

"사슴은 놓아 주었으니 토끼라도 잡아가야겠지."

어차피 사슴을 잡아간들, 여자 둘이서 그것을 먹어 해치울 수는 없는 노릇이다.

다르발지는 토굴에서 빠져나온 토끼 귀가 수풀 아래에서 움찔 거리는 것을 보고는 활을 겨누어 쏘았다.

"이미 첩녀(妾女)로 바쳐지기 위해 끌려 나온 몸이니 다시 부모가 있는 마을로 돌아갈 수도 없을 것이고, 그렇다고 여자 홀몸으로 고려 땅에라도 도망칠 수도 없으니, 너는 두 가지를 선택할 수 있다."

잡아간 토끼로 간단히 식사를 한 뒤에, 다르발지는 조인영에게 말했다.

"무엇인가요?"

"여기서 스스로 자결하는 것이 첫째고……."

다르발지는 토끼 가죽을 해치는 데 사용했던 단검을 보며 말을 끌었다. 조인영의 얼굴이 해쓱하게 변하는 것을 보며 그녀는 절로 한숨이 나왔다.

"둘째는 나와 함께 중도로 가서 일단은 살길을 도모하는 것이지."

"중도로 가면 살아갈 길이 있나요?"

"간다고 해서 지금 당장 약속할 수 있는 것은 없어. 하지만 나는 상공을 뵙기 위해 중도로 가야만 하니, 일단 목숨이라도 연명하려면 날 따라가는 수밖에는 없을 거다."

"그렇다면 그렇게 하겠습니다."

조인영은 결연한 눈빛이었다.

열여덟에서 스물쯤 되어 보이는 그녀는 그간 겪은 고초 탓에 얼굴이 조금 야위었으나, 가냘프게 떨어지는 턱에는 자못 아름다움이 배어 있었다. 이 마르고 연약한 여인을 어떻게 중도까지 데리고 가는가가 이제 문제였다.

"우선 가슴을 단단히 동여매고 머리를 묶어 잘라 낸 다음에 삿갓을 써라. 연약한 여인의 모습으로 돌아다녀서 좋을 것이 없으니 변복을 해야만 한다."

다르발지는 그렇게 말하고서 조인영에게 단검을 내밀었다. 조인영은 달달 떨리는 손으로 칼을 받아 들고서 자기 머리를 끊어 냈다. 나풀나풀 떨어져 나리는 머리카락을 보며 심경이 복잡한지, 그녀의 눈에 움찔 눈물이 맺혔다.

"산중에 천막을 쳐 놨다고는 하지만, 언제 범이나 삵이 기웃거릴지 모르니 너무 깊이 잠들어서는 안 된다. 알겠지?"

조인영의 감정까지 다독여 줄 여력이 없는 다르발지는 그녀를 다그치고서 가죽 모피를 뒤집어쓰고는 잠을 청했다.

모닥불을 태워 올리던 장작도 어느덧 힘을 잃고 재만 남고, 불빛 하나 없는 장백산 기슭의 수림에는 고요한 가운데 바람만이 우짖고 있었다. 중도까지는 앞으로 넉넉잡아 스무 날은 가야 했다. 거기에 짐이 하나 붙었으니 못해도 한 달은 잡아야 할 일이었다. 다르발지는 가슴팍에 매인 옥패를 꼭 쥐면서 눈을 감았다. 정민에게 준 것과 똑같은 것이었다.

〈『왕조의 아침』 제4권에서 계속〉

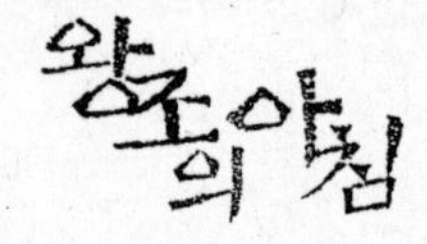

1판 1쇄 찍음 2014년 11월 12일
1판 1쇄 펴냄 2014년 11월 17일

지은이 | 김경록
펴낸이 | 정 필
펴낸곳 | 도서출판 **뿔미디어**

편집장 | 이재권
기획 · 편집 | 윤영상

출판등록 | 2002년 9월 11일 (제1081-1-132호)
주소 | 경기도 부천시 원미구 상동로 117번길 49(상동) 503호 (우)420-861
전화 | 032)651-6513 / 팩스 032)651-6094
E-mail | bbulmedia@hanmail.net
홈페이지 | http:/bbulmedia.com

값 8,000원

ISBN 979-11-315-3684-1 04810
ISBN 979-11-315-3650-6 04810 (세트)

※파본은 구입하신 서점에서 교환하여 드립니다.

http://www.bbulmedia.com

BBULMEDIA